雅典日研所 企編

［日檢］

單字 ✛ 文法

一本搞定　N1

Ｅ雅典文化

國家圖書館出版品預行編目資料

日檢單字+文法一本搞定N1 / 雅典日研所編著. -- 初版.
　-- 新北市 : 雅典文化, 民107. 05印刷
　　　面 ; 公分. --（日語大師 ; 13）
　ISBN 978-986-96086-5-7(18K平裝附光碟片)
　1. 日語 2. 詞彙 3. 語法 4. 能力測驗
　　803. 189　　　　　　　　　　107005135

日語大師系列　13

日檢單字+文法一本搞定N1

編著／雅典日研所
責任編輯／許惠萍
內文排版／王國卿
封面設計／姚恩涵

法律顧問：方圓法律事務所／涂成樞律師

總經銷：永續圖書有限公司
永續圖書線上購物網
www.foreverbooks.com.tw

CVS代理／美璟文化有限公司
TEL：（02）2723-9968
FAX：（02）2723-9668

出版日／2018年05月

雅典文化

出版社

22103　　新北市汐止區大同路三段194號9樓之1
TEL　　（02）8647-3663
FAX　　（02）8647-3660

50音基本發音表

清音

●track 002

a ㄚ	i ―	u ㄨ	e ㄝ	o ㄡ
あ ア	い イ	う ウ	え エ	お オ
ka ㄎㄚ	ki ㄎ―	ku ㄎㄨ	ke ㄎㄝ	ko ㄎㄡ
か カ	き キ	く ク	け ケ	こ コ
sa ㄙㄚ	shi ㄒ	su ㄙ	se ㄙㄝ	so ㄙㄡ
さ サ	し シ	す ス	せ セ	そ ソ
ta ㄊㄚ	chi ㄑ―	tsu ㄘ	te ㄊㄝ	to ㄊㄡ
た タ	ち チ	つ ツ	て テ	と ト
na ㄋㄚ	ni ㄋ―	nu ㄋㄨ	ne ㄋㄝ	no ㄋㄡ
な ナ	に ニ	ぬ ヌ	ね ネ	の ノ
ha ㄏㄚ	hi ㄏ―	fu ㄈㄨ	he ㄏㄝ	ho ㄏㄡ
は ハ	ひ ヒ	ふ フ	へ ヘ	ほ ホ
ma ㄇㄚ	mi ㄇ―	mu ㄇㄨ	me ㄇㄝ	mo ㄇㄡ
ま マ	み ミ	む ム	め メ	も モ
ya ―ㄚ		yu ―ㄩ		yo ―ㄡ
や ヤ		ゆ ユ		よ ヨ
ra ㄌㄚ	ri ㄌ―	ru ㄌㄨ	re ㄌㄝ	ro ㄌㄡ
ら ラ	り リ	る ル	れ レ	ろ ロ
wa ㄨㄚ		o ㄡ		n ㄣ
わ ワ		を ヲ		ん ン

濁音

●track 003

ga ㄍㄚ	gi ㄍ―	gu ㄍㄨ	ge ㄍㄝ	go ㄍㄡ
が ガ	ぎ ギ	ぐ グ	げ ゲ	ご ゴ
za ㄗㄚ	ji ㄐ―	zu ㄗ	ze ㄗㄝ	zo ㄗㄡ
ざ ザ	じ ジ	ず ズ	ぜ ゼ	ぞ ゾ
da ㄉㄚ	ji ㄐ―	zu ㄗ	de ㄉㄝ	do ㄉㄡ
だ ダ	ぢ ヂ	づ ヅ	で デ	ど ド
ba ㄅㄚ	bi ㄅ―	bu ㄅㄨ	be ㄅㄟ	bo ㄅㄡ
ば バ	び ビ	ぶ ブ	べ ベ	ぼ ボ
pa ㄆㄚ	pi ㄆ―	pu ㄆㄨ	pe ㄆㄝ	po ㄆㄡ
ぱ パ	ぴ ピ	ぷ プ	ぺ ペ	ぽ ポ

拗音

kya ㄎㄧㄚ		kyu ㄎㄧㄩ		kyo ㄎㄧㄡ	
きゃ	キャ	きゅ	キュ	きょ	キョ
sha ㄒㄧㄚ		**shu** ㄒㄧㄩ		**sho** ㄒㄧㄡ	
しゃ	シャ	しゅ	シュ	しょ	ショ
cha ㄑㄧㄚ		**chu** ㄑㄧㄩ		**cho** ㄑㄧㄡ	
ちゃ	チャ	ちゅ	チュ	ちょ	チョ
nya ㄋㄧㄚ		**nyu** ㄋㄧㄩ		**nyo** ㄋㄧㄡ	
にゃ	ニャ	にゅ	ニュ	にょ	ニョ
hya ㄏㄧㄚ		**hyu** ㄏㄧㄩ		**hyo** ㄏㄧㄡ	
ひゃ	ヒャ	ひゅ	ヒュ	ひょ	ヒョ
mya ㄇㄧㄚ		**myu** ㄇㄧㄩ		**myo** ㄇㄧㄡ	
みゃ	ミャ	みゅ	ミュ	みょ	ミョ
rya ㄌㄧㄚ		**ryu** ㄌㄧㄩ		**ryo** ㄌㄧㄡ	
りゃ	リャ	りゅ	リュ	りょ	リョ

gya ㄍㄧㄚ		gyu ㄍㄧㄩ		gyo ㄍㄧㄡ	
ぎゃ	ギャ	ぎゅ	ギュ	ぎょ	ギョ
ja ㄐㄧㄚ		**ju** ㄐㄧㄩ		**jo** ㄐㄧㄡ	
じゃ	ジャ	じゅ	ジュ	じょ	ジョ
ja ㄐㄧㄚ		**ju** ㄐㄧㄩ		**jo** ㄐㄧㄡ	
ぢゃ	ヂャ	づゅ	ヂュ	ぢょ	ヂョ
bya ㄅㄧㄚ		**byu** ㄅㄧㄩ		**byo** ㄅㄧㄡ	
びゃ	ビャ	びゅ	ビュ	びょ	ビョ
pya ㄆㄧㄚ		**pyu** ㄆㄧㄩ		**pyo** ㄆㄧㄡ	
ぴゃ	ピャ	ぴゅ	ピュ	ぴょ	ピョ

● | 平假名 | 片假名 |

詞性及文法接續使用說明

名⇨名詞

動⇨動詞

形⇨い形容詞

形動⇨な形容詞

接頭⇨接頭詞(置於其他單字前)

接尾⇨接尾詞(置於其他單字後)

接續⇨接續詞

形容詞　　い形容詞語幹，如：楽しい→楽し

形容動詞　　な形容詞語幹，如：きれいな→きれい

動詞た形　　如：書く→書いた

動詞て形　　如：書く→書いて

動詞ば形　　如：書く→書けば

動詞普通形　　如：書く、書かない書いた、書かなかった

動詞辞書形　　如：書く→書く

動詞意向形　　如：書く→書こう

動詞ない形　　如：書く→書か（ない）

動詞可能形　　如：書く→書ける

動詞ます形　　如：書く→書き（ます）

動詞命令形　　如：書く→書け

動詞受身形　　如：書く→書かれる

動詞使役形　　如：書く→書かせる

動詞使役受身形　　如：書く→書かせられる、書かされる

文法篇

目

錄

單字篇

目

録

單字比較篇

同音單字篇

目

錄

文法篇

あ行

～あっての
有…才…；沒有…就沒有…   ● track 005

接續

名詞＋あっての＋名詞

例句

❀ 皆の協力あっての成功だ。

有大家幫忙才能成功。

❀ 皆さんあってのわたし。

有大家才有我。

～いかに～か
多麼…啊   ● track 005

接續

此為書面語，口語為「どんなに」；用法和副詞相同。

例句

❀ この国がいかに暮しやすいかは、住んでいる人の表情からも伺える。

這個國家有多適合居住，從居民臉上的表情就看得出來。

〜いかん
取決於
● track 006

接　續

名詞＋いかん

比　較

和「しだいだ」意思類似。

例　句

❀成功<ruby>成功<rt>せいこう</rt></ruby>するかどうかはあなたの<ruby>努力<rt>どりょく</rt></ruby>いかんだ。

是否能成功取決於你的努力。

〜いかんにかかわらず
不管；不問
● track 006

接　續

名詞＋の＋いかんにかかわらず

比　較

和「いかんによらず」「いかんを<ruby>問<rt>と</rt></ruby>わず」用法相同。

例　句

❀<ruby>理由<rt>りゆう</rt></ruby>のいかんにかかわらず、カンニングは<ruby>許<rt>ゆる</rt></ruby>されないことだ。

不管任何理由，作弊都是不被允許的。

～いかんによらず ●track 006
不管；不問

接　續

名詞＋の＋いかんによらず

比　較

和「いかんにかかわらず」「いかんを問わず」用法相同。

例　句

❀成績のいかんによらず、進級できる。

不管成績如何，都能升級。

～いかんを問わず ●track 006
不管；不問

接　續

名詞＋の＋いかんを問わず

比　較

和「いかんにかかわらず」「いかんによらず」用法相同。

例　句

❀理由のいかんを問わず、未成年がお酒を飲むのは
違法です。

不管什麼理由，未成年喝酒都是違法的。

❀一度納入した納付金は理由のいかんを問わず返還
しません。

款項一經繳納後，不管任何理由都不退還。

（〜の）至り

非常；無比

●track 007

接續

名詞（＋の）＋至り

例句

❀彼も悪気はなくやったことですから、ここは
若気の至りということでお許しください。

他做這件事並沒有惡意，就當是因為太年輕一時衝動，請
原諒他。

（〜よ）うが

不管…

●track 007

接續

動詞意向形＋が

形容詞＋かろう＋が

形容動詞＋だろう＋が

比　較

比較句型：

「（～よ）うが（～よ）うが」不管是…還是…

「（～よ）うが～まいが」不管是…不是…

「（～よ）うと」不管…

「（～よ）うと（～よ）うと」不管是…還是…；…也好…也好

「（～よ）うと～まいと」做…不做…都…

「（～よ）うとも」不管…都

「（～よ）うと（も／は）しない」不打算…

「（～よ）うにも～れない」想…也不能…

例　句

❀人になんと言われようが、自分の決めたことは実行する。

不管別人說什麼，只要是自己決定的事就會實踐。

❀人がなんと言おうが、私は彼を信じている。

不管別人怎麼說，我都相信他。

❀人に如何思われようが、何と言われようが構わない。

不管別人怎麼看、怎麼說，都不在乎。

❀いくら知識があろうが、人の話に耳を傾けない人は成長しない。

學識再豐富的人，不懂得傾聽旁人的意見就不會成長。

❀何があろうが家族を守る。

不管發生什麼事都會守護家人。

❀カロリーが高ろうがついつい食べてしまった。

即使熱量很高還是忍不住吃了。

❀首長だろうが、民間人だろうが、一人の人間です。

不管是地方首長還是一般民眾，都是凡人。

❀私立出身だろうが国立出身だろうが、社会に出たらみなは同じだ。

無論是私校畢業還是公立學校畢業，出了社會大家都一樣。

（～よ）うが～まいが　　●track 008
無論是不是…都

接　續

動詞意向形＋が＋動詞辞書形＋まいが

(一段動詞、サ変動詞，在「まい」前面也可以接「ない形」，如「する」就可寫成「しまい」)

比　較

意同「してもしなくても」。

例　句

❀彼が行こうがが行くまいが、私は行く。

不管他去不去，我都會去。

（〜よ）うと
不管

●track 008

接　續

動詞意向形＋と

形容詞＋かろう＋と

形容動詞＋だろう＋と

例 句

✤ 何をしようとわたしの自由でしょう。

不管要做什麼都是我的自由吧。

✤ 何と言われようと前向きに行くしかない。

不管別人怎麼說，都只能樂觀向前進。

✤ 荷物が多かろうと少なかろうかこの花瓶を持って
いく。

不管行李是多是少，都要把這個花瓶帶去。

✤ いかに見た目がきれいだろうと、この本を読もう
と全く思わない。

不管外表看起來多漂亮，我都不會想讀這本書。

（〜よ）うと〜まいと

●track 009

做…不做…都…

接　續

動詞意向形＋と＋動詞辞書形＋と

（一段動詞、サ変動詞，在「まい」前面也可以接「ない形」，如「する」就可寫成「しまい」）

例　句

❀勉強しようとするまいとあなたの自由だが、試験の日は迫ってきているんですよ。

雖說不管念不念書都是你的自由，但考試的日子已經快到了喔。

❀元彼が結婚しようとするまいと、今の私に関係のないことです。

前男友是不是要結婚，都和現在的我沒關係。

❀本人が自覚していようとするまいと、自分のしたことはこの世でもかえってくるんじゃないかと思います。

我認為不管他自己有沒有自覺，他所做的虧心事都會在這一生得到報應。

（〜よ）うにも〜ない

想…也不能…

 ●track 009

接續

動詞意向形＋にも＋動詞可能形＋ない

例句

❀調子が悪くて、起きようにも起きられない。

　身體狀況不佳，想起床也起不來。

❀海外で受けた差別待遇は忘れようにも忘れられない。

　在國外所受到的歧視，想忘也忘不掉。

❀こんなに遠くまで来てしまっては、帰ろうにも帰れない。

　都到了這麼遠的地方來，就算想回去也回不去了。

か行

～限りだ ●track 010

非常；極

接　續

形容詞＋い＋限りだ

形容動詞＋な＋限りだ

名詞＋の＋限りだ

例　句

❀若気の至りで社長にまで文句を言ったことは、今となっては恥ずかしい限りだ。

當初因為年輕太衝動竟跑去向社長抱怨，現在想起來覺得很難為情。

❀こんな結果になって残念な限りだ。

有這樣的結果讓人十分遺憾。

❀お互いが主催する音楽祭やオーケストラで交流しはじめるとは、嬉しさの限りだ。

彼此能在各自舉辦的音樂祭或是演奏會中展開交流，我感到十分開心。

（〜を）限りに

以…為界；…為止

● track 010

接　續

名詞＋を限りに

比　較

比較句型：
「〜限りで」到…為止
「〜をもって」於…

例　句

❀今日を限りにお酒をやめることにした。

　從今天起，我決定戒酒。

❀来週を限りに辞めると言うつもりだ。

　打算在下星期辭職。

〜が最後

即然…就必需…；一旦…就…

● track 010

接　續

動詞た形＋が最後

例　句

❀事務所に入ったが最後、契約するまで帰れない。

　只要進到事務所裡，不拿到契約就不能回去。

❀彼がスピーチを始めたが最後、長々と話が続いて
終わらない。

他只要一開始演講，就會長篇大論說個不停。

～かたがた
順便

●track 011

接　續

名詞＋かたがた

比　較

和「～がてら」相似。

例　句

❀挨拶かたがたうかがった。

來打招呼順便拜訪。

❀お礼かたがた食事に誘った。

為道謝而來順便約吃飯。

～かたわら
一面…一面…

●track 011

接　續

動詞辞書形＋かたわら

名詞＋の＋かたわら

例　句

❀日本語を教えるかたわら他にも仕事をしている。
一邊教日語一邊從事其他工作。

❀課長は、商社に勤めるかたわら、自分の研究も続けている。
課長一邊在公司工作，一邊繼續自己的研究。

❀私は本業のかたわら、アフィリエイトで生計を立てています。
我在本業之外，也以做網路廣告維生。

～がてら
順便

●track 011

接　續

動詞ます形＋がてら

名詞＋がてら

比　較

和「かたがた」意思相近。

例　句

❀ 外に行きがてら、手紙を出してきてくれないか。

你到外面的時候可以順便幫我寄信嗎？

❀ 料理研究家の彼女は旅行がてら、めずらしい食材を探して歩くそうだ。

身為料理研究家的她，會趁旅行時順便尋找稀有的食材。

〜がはやいか
立刻

●track 012

接　續

動詞辞書形＋がはやいか
動詞た形＋がはやいか

比　較

相似句型：
「〜や否や」
「〜なり」
「〜たとたんに」

例　句

❀ 話を聞くがはやいか家を飛び出した。

聽到話之後就馬上從家裡飛奔出去。

❀社長が会議室に入ったがはやいか、早速会議が始まった。

社長一進到會議室，會議馬上開始。

～からある
竟有　　　　　　　　　　　　● track 012

接續

名(有具體數量)＋からある

例句

❀あの選手の身長は２メートルからある。

那名選手的身高高達2公尺。

❀10キロからあるすいか。

重達10公斤的西瓜。

～からの
竟有　　　　　　　　　　　　● track 012

接續

名詞＋からの

文法篇

比　較

和「〜からある」相同。

例　句

❀ 彼は 10 億円からの遺産を相続したそうだ。

聽說他繼承了高達10億日圓的遺產。

（〜を）皮切りに（して）　●track 013

以…為開始

接　續

動詞辞書形＋の＋を皮切りに

動詞た形＋の＋を皮切りに

名詞＋を皮切りに

比　較

和「〜を皮切りとして」相同。

例　句

❀ この講座は浜松公演を皮切りに開催です。

這個講座是以濱松地區的公演為首場展開。

❀ 札幌ドーム公演を皮切りに、全国 5 大ドームにて 19 公演が行われた。。

以札幌巨蛋的公演為首，展開全國5大巨蛋共19場演出。

❀中学1年の時に航空雑誌を初めて買ったのを皮切り
に、この世界に足を踏み入れる。

從中學一年級時購買航空雜誌開始，就踏入了這個世界。

～きらいがある
具…傾向　　　　　　　　　　　　　●track 013

接　續

動詞辞書形＋きらいがある

名詞＋の＋きらいがある

例　句

❀鈴木さんはいい男だが人の話を早飲み込みするき
らいがある。

鈴木雖然是好人，但他有容易斷章取義的傾向(習慣)。

❀運動しすぎで、腱鞘炎のきらいがある。

運動過度，所以有肌腱炎發作的徵兆。

～極まりない
非常　　　　　　　　　　　　　　●track 013

接　續

形容動詞＋極まりない

例 句

❀ あの人の同僚への態度は失礼極まりない。

　　那個人對同事的態度真是無禮至極。

❀ この武器は下手に使うと危険極まりない。

　　這個武器要是使用不當，就會危險至極。

～極まる
非常

● track 014

接　續

　　形容動詞＋極まる

比　較

　　和「～極まりない」用法相同。

例 句

❀ 退屈極まる話。

　　無聊至極的話。

❀ 悪質極まる会社を撃退する。

　　撃退過份至極的公司。

（〜の）極（きわ）み　●track 014
極盡；非常

接續

名＋の極（きわ）み

例句

❀ 当方（とうほう）に丁寧（ていねい）なご報告（ほうこく）をいただいてまことに恐縮（きょうしゅく）の極（きわ）みであり、適切（てきせつ）な手早（てばや）い対応（たいおう）に敬意（けいい）を表（ひょう）するものである。

能得到您詳細的報告實在很不好意思，也對您確切又迅速的回應表示敬意。

❀ 心身（しんしん）ともに疲労（ひろう）の極（きわ）みに達（たっ）し、職務遂行（しょくむすいこう）の自信（じしん）がなくなった。

身心都已達到疲勞的巔峰，沒有信心能夠確實做好工作。

〜ごとき　●track 014
如同〜

接續

動詞辞書形＋が＋ごとき
動詞た形＋が＋ごとき
名詞＋の＋ごとき

意同「～ような」、「～ように」。

例　句

❀ 彼のごとき人物はこの世に二人とはいない。

像他這樣的人世上不會有第二人。

❀ 今回のごとき事件は二度と起こしてはならない。

像這次的事件絕不能再發生第二次。

❀ 部屋の中から誰かが言い争うがごとき声が聞こえた。

房間裡傳來了似乎是有人在爭吵的聲音。

❀ まるで、空を飛ぶがごときの気持ちよさ。

就像是在空中飛一般的舒暢。

～ごとき
之類的

● track 015

接　續

名詞＋ごとき

比　較

和「～なんか」「～など」意思相同。

例 句

❀あなたごときがあの美しくて聡明な先生と同じことしようなんて百年早い。

　像你這種人，要和那位美麗又聰慧的老師做相同的事，還早得很呢！

❀それは、わたしごときではどんなに正確に想像できたとしても決して現実には及ばないような苦しみです。

　那種苦楚，區區我就算想像得再確切，也比不上它實際上的程度。

〜ごとく

如同

●track 015

接　續

　動詞辞書形＋が＋ごとく

　動詞た形＋が＋ごとく

　名詞＋の＋ごとく

比　較

　意思、用法和「〜ごとき」相同，但後接詞性不同。

　「ごとき」＋名詞

　「ごとく」＋動詞、形容詞、副詞

例 句

❀過去の忌々しい記憶が怒涛のごとく蘇ってきて
苦しいです。

過去那些可恨的記憶就像洶湧的海浪般甦醒，讓我很痛苦。

❀何も言わず、何も無かったがごとく脇を通り過ぎ
る。

什麼都沒說，就像什麼都沒發生似的，從旁邊通過。

❀明日死ぬがごとく生き、永遠に生きるがごとく
学べ。

像明天就會死般地生活，像能長生不老般地學習。

～こととて ●track 016
因為…所以

接 續

動詞普通形＋こととて

形容詞＋い＋こととて

形容動詞＋な＋こととて

名詞＋の＋こととて

（動詞ない形「～ない」可以用「～ぬ」的形式）

比 較

意同「ので」。

例 句

✿ 休みずゆうのこととて、無理むりをしないでゆっくりしてください。

因為正在休假中，所以請別勉強自己好好放鬆。

✿ 大変たいへんご迷惑めいわくをおかけいたしましたが、子供こどものしたこととて許ゆるしてやってください。

雖然造成了您很大的困擾，但因為是孩子做的事所以請見諒。

✿ 今回こんかいの転勤てんきんは急きゅうなこととて、ゆっくりご挨拶あいさつにも伺うかがえませんでした。

因為這次的調職很突然，所以沒有時間向您打個招呼。

✿ 世間せけんのことをまだ分わからぬこととて、どうか強つよい言葉ことばを口くちしゃべったら許ゆるしてください。

因為我還未經世事，若是衝口說出了過分的話，還請見諒。

✿ 慣なれないこととて、始はじめはずいぶん戸惑とまどった。

因為是不習慣做的事，所以一開始十分困惑。

～ことなしに
沒有…

● track 016

接　續

動詞辞書形＋ことなしに

例 句

❀ 相手の心を傷つけることなしに、間違いを正すことは難しいことだ。

要不傷對方的心而糾正對方的錯誤，是很難的事。

❀ 謝ることなしに、人とのやり取りはうまくやっていけない。

若是缺少了道歉這件事，就無法和人順利往來。

❀ 書いて直してを繰り返すことなしに完成しない卒業論文。

沒有經過反覆修改，就不可能完成的畢業論文。

さ行

～際（さい）

時候；時機

●track 017

接　續

動詞普通形＋際（さい）

名詞＋の＋際（さい）

例　句

❀お降（お）りの際（さい）は、お足元（あしもと）にご注意下（ちゅういくだ）さい。

下車之時，請留心您的腳步。

❀ATMを利用（りよう）する際（さい）は手元（てもと）を隠（かく）すべし。

使用ATM之時，應遮住(按密碼的)手。

❀代金引換（だいきんひきかえ）の際（さい）に料金（りょうきん）はいくらかかりますか。

貨到付款時，需要付多少錢呢？

❀サイトにアクセスしようとした際（さい）にエラーが発生（はっせい）しました。

要連上網站時，發生了錯誤。

～さえ～ば

● track 017

只要…(就…)

接續

名詞＋さえ～ば

動詞ます形＋さえ～ば

動詞普通形＋でさえ～ば

疑問詞＋かさえ～ば

比較

和「～さえ～たら」用法相同。

例句

❀優秀な人材さえ確保できれば、後はあまり問題ないですよ。

只要能保有優秀的人材，接下來就沒什麼問題了。

❀世の中には料理の本というのがたくさんあるが、この本さえ見ればそんな素人でも上手に作ることができるのだろうか。

世界上雖然有許多烹飪書籍，但只要讀了這本，就算是門外漢也能夠上手。

❀生きてくれさえすればそれでいい。

只要你能活著，對我來說就夠了。

❀英語をたくさん聞きさえすれば、自然に英語が聞き取れるようになる。

只要大量地聽英語，自然地就能聽懂了。

❀このコツさえ知れば必ずモテる。

只要知道這個祕訣，就一定會大受歡迎。

❀自分が何が分かってないかさえわからなければ
学ぶ意欲も起きないだろう。

要是連自己哪裡都不懂也不知道的話，那麼也不會有學習
的欲望吧。

～始末だ
結果

● track 018

接　續

動詞普通形＋始末だ
形容詞＋い＋始末だ
形容動詞＋な＋始末だ
名詞＋の＋始末だ

例　句

❀しまいには泣き出す始末だ。

到最後的結果是哭了。

❀あの二人は犬猿の仲で、ちょっとしたことでも、
すぐ口論になる始末だ。

那兩個人水火不容，就算是一點小事，最後都會以吵架收場。

❀あり金全部を使い尽くして、今夜の飯代もない
始末だ。

用光了所有的錢，落得連今天晚飯的錢都沒有的下場。

❀経営者の無能から、この会社は大失敗の始末だ。

　　因為經營者的無能，讓這間公司落得失敗的下場。

❀信用して彼にお金を貸してやったのに、この始末
だ。

　　基於信任而借錢給他，沒想到落得如此下場。

～じゃあるまいし　　　　　　　　● track 019
又不是…

接　續

動詞辞書形＋の／ん＋じゃあるまいし

動詞た形＋の／ん＋じゃあるまいし

名詞＋じゃあるまいし

例　句

❀芸能人じゃあるまいし、そんなあなたの情報なん
て誰も欲しがらないよ。

　　你又不是藝人，沒人會想要你的消息啦。

❀お化けが現れたのじゃあるまいし、なぜこんなに
恐ろしい顔をしているのよ。

　　又不是有鬼出現，何必露出那麼可怕的表情。

～ずくめ

● track 020

盡是；完全是

接　續

名詞＋ずくめ

例　句

❀ 彼女（かのじょ）は赤（あか）ずくめの服装（ふくそう）だった。

　她穿著全身紅的衣服。

❀ 大学（だいがく）も合格（ごうかく）したし、友達（ともだち）もできた。いいことずくめです。

　大學合格，也交到了朋友。盡是好事。

～ずにはおかない

● track 020

肯定會…；非…不可

接　續

動詞「ない形」＋ずにはおかない

（「する」則變成「せずにはおかない」）

例　句

❀ 危（あぶ）ない行為（こうい）なので、禁止（きんし）せずにはおかないでしょう。

　因為是很危險的動作，所以不禁止不行吧。

❀彼女は一流の演出家になると言ってって家を出た。大変だが、きっと目的を達成せずにはおかないだろう。

她說要成為一流的表演者而離家，雖然會很辛苦，但她一定會達成目的吧。

～ずにはすまない
不…不行

●track 020

接續

動詞「ない形」＋ずにはすまない
（「する」則變成「せずんはすまない」）

比較

「～ずにはおかない」是表示非做什麼不可的意思，或是一定會如此。
「～ずにはすまない」是表示考量過義務、狀況和常識後，必需要做什麼事。

例句

❀悪い種を蒔けば、やがてその刈り入れをせずにはすまない。

自己種下的惡果，不久後總是要遭到報應的。

❀検査の結果によっては、早く治療せずにはすまないだろう。

依檢查的結果，不早點治療不行。

（〜で）すら

●track 021

連；甚至

接續

名詞＋(で)＋すら

例句

❀読書の苦手な私ですら、みんなに読んで欲しい本です。

就連不喜歡讀書的我，都希望大家讀的書。

❀映画を観ない私ですら名前を聞いたことがある有名な方です。

就連不看電影的我都聽過名字的名人。

❀一つの言葉ですら人によって様々な意味にとらえられる。

就算只是一個單字，每個人也會有不同的解釋。

❀小学生でも読めたり書けたりする漢字ですら分かりません。

就連小學生會讀、會寫的漢字都不懂。

文法篇　單字篇　單字比較篇　同音單字篇

～そばから ●track 021
才剛…就

接續

動詞辞書形＋そばから

動詞た形＋そばから

比較

和「端<ruby>端<rt>はし</rt></ruby>から」相似。如：聞いた<ruby>端<rt>はし</rt></ruby>から<ruby>忘<rt>わす</rt></ruby>れる。(剛聽過就
忘了)

例句

❀<ruby>言<rt></rt></ruby>ったそばからまた<ruby>油断<rt>ゆだん</rt></ruby>しちゃった。

才剛講完就疏忽了。

❀<ruby>夫<rt>おっと</rt></ruby>に「ちゃんと<ruby>電気<rt>でんき</rt></ruby>を<ruby>消<rt>け</rt></ruby>しておいてよ！」と
<ruby>注意<rt>ちゅうい</rt></ruby>したそばから、トイレの<ruby>電気<rt>でんき</rt></ruby>を<ruby>消<rt>け</rt></ruby>し<ruby>忘<rt>わす</rt></ruby>れた。

才提醒過老公「要記得關電燈喔！」，他馬上就忘了關廁
所的燈。

た行

（ひとり）〜だけでなく ●track 022
不僅是…

接 續

（ひとり）＋動詞普通形＋だけでなく

（ひとり）＋形容詞＋い＋だけでなく

（ひとり）＋形動動詞＋な／である＋だけでなく

（ひとり）＋名詞＋（である）＋だけでなく

例 句

❀ 就職難はひとり日本だけでなく、世界中においても同様に見られる傾向である。

失業率高（就職困難）並不是只有日本的問題，在全球都有相同的傾向。

❀ いじめは、ひとり学校だけでなく大きな社会問題となっております。

霸凌不只是學校的問題，已演變成重大的社會問題。

❀ 肥料の過剰使用は単に作物に有害なだけでなく、流出による水系汚染も招きます。

肥料的過度使用並不單是對農作物有害，肥料的流出也會導致水污染。

～たところで ●track 022
即使…

接　續

動詞た形＋ところで

例　句

❀ 時間
<ruby>時間<rt>じかん</rt></ruby>などいくらあったところで、<ruby>間違<rt>まちが</rt></ruby>った<ruby>生<rt>い</rt></ruby>き<ruby>方<rt>かた</rt></ruby>をすればすぐに<ruby>使<rt>つか</rt></ruby>い<ruby>果<rt>は</rt></ruby>たしてしまうものなのです。

即使有再多的時間，若是用錯了生活方式，也會馬上用完。

❀ <ruby>周<rt>まわ</rt></ruby>りの<ruby>人<rt>ひと</rt></ruby>が<ruby>何<rt>なに</rt></ruby>を<ruby>言<rt>い</rt></ruby>ったところで、<ruby>彼<rt>かれ</rt></ruby>は<ruby>自分<rt>じぶん</rt></ruby>の<ruby>意見<rt>いけん</rt></ruby>を<ruby>曲<rt>ま</rt></ruby>げないだろう。

即使別人再怎麼説，他大概也不會改變自己的想法。

～だに ●track 022
即使…也；只是…就

接　續

動詞辞書形＋だに

例　句

❀続けていた学習塾のアルバイトは無遅刻、無欠勤
を続けていたが、まさかこの仕事を40歳になって
も50歳になっても続ける、そんなことは考えるだ
にゾッとした。

在補習班的打工雖然維持著不遲到、全勤,但光是想到難
不成這個工作要做到四、五十歲,就覺得很可怕。

❀聞くだに恐ろしい悲惨さ。

光是聽就覺得可怕的悲慘程度。

～だに

就連…也

● track 023

接　續

名詞＋だに

例　句

❀凍りついたかのように微動だにしない猫。

就像結凍一樣動也不動的貓。

❀ここまでの作品に成るとは想像だにしなかった。

能完成這種高程度的作品是想也沒想到的。

〜たりとも
●track 023

即使…也

接續

名詞＋たりとも

例句

❀一日たりとも怠けることは許されぬ。

即使偷懶一天也不被允許。

❀無職なので１円たりとも無駄にできない。

因為沒工作，所以即使是１日圓也不能浪費。

〜たる
●track 023

身為

接續

名詞＋たる＋名詞

例句

❀首相たるもの、初志貫徹、有言実行でなければならない。

身為首相，就必需要貫徹初衷、言出必行。

❀医者たる者は最新の医学の発達についていくべきだ。

身為醫生，就必需要跟上最新醫學的進步。

～っぱなし
置之不理；一直

●track 024

接　續

動詞ます形＋っぱなし

例　句

❀一晩中、ラジオをつけっぱなしだった。

　一整個晚上都開著收音機。

❀長時間座りっぱなしだと病気にかかりやすく、座っている時間が長い人ほど死亡率が高くなるという研究結果が相次いで発表された。

　長時間坐著不動容易引發疾病，指出坐著的時間愈久的人死亡率愈高的研究結果，相繼被發表。

❀テレビやパソコン画面をつけっぱなしにして眠る。

　開著電視或電腦的螢幕就去睡。

～つ～つ
一會兒…一會兒…

●track 024

接　續

動詞1ます形＋つ＋動詞2ます形＋つ

(前後兩個動詞通常是意思相反)

文法篇

和「〜たり〜たり」類似。

例　句

❀人波に押しつ押されつ喧騒の町を歩く。

被人潮一會兒推過來，一會兒推過去，在喧鬧的鎮上走。

❀彼はそのリングをためつすがめつ眺めた。

他仔細地端詳著戒指。（「ためつすがめつ」是慣用句，意為「仔細端詳」）

〜であれ　　　　　　　　　　●track 024

就算是…；不管是…

接　續

名詞＋であれ

例　句

❀その試合に勝つ人は誰であれ、その賞をもらえます。

不管贏得比賽的人是誰，都可以得獎。

❀首相であれ社長であれ、一人で出来ることなど限界がある。

就算是首相、就算是社長，一個人能做的事都有限。

〜であれ〜であれ

● track 025

不管是…還是…

接續

名詞1＋であれ＋名詞2＋であれ

例句

❀世界トップクラスの選手であれば、それが男性で
あれ女性であれ、気が遠くなるほどの練習量をこ
なし、想像を絶する痛みや苦しみに耐え抜いてき
ています。

如果成為世界頂級的選手，不管是男性還是女性，都必需
經歷讓人幾乎氣絕的練習，並且忍耐無法想像的疼痛和苦
楚。

❀有名であれ無名であれ、人にはその人なりに素晴
らしい利点が眠っていて、それを人生の過程で
自ら開拓していく。

不管是有名還是無名，每個人都有自己的優點潛在體內，
在人生的過程中靠自我開發出來。

～てからというもの ●track 025
自從…以後

接　續

動詞て形＋てからというもの

例　句

❀札幌から帰ってからというもの体調不良で毎日がすっきりしません。

自從從札幌回來之後，就因為身體不適每天都很不舒暢。

❀仕事を始めてからというもの、職場の空気が乾燥しているので午後になるとのどが痛くてしかたありません。

自從開始工作後，因為工作場所的空氣很乾燥，所以到了下午喉嚨就會開始痛得不得了。

～（で）すら ●track 025
連…

接　續

名詞＋ですら

例　句

❀現代人の生活パターンから考えると、6時間の睡眠時間ですら確保するのは難しいです。

以現在人的生活模式來看，連要保持 6 個小時的睡眠都很難。

❀頭が痛くてベッドから立ち上がることすらできなかった。

因為頭很痛，所以就連從下床站起來都辦不到。

～でなくてなんだろう
不是…的話那是什麼呢

● track 026

接續

名詞＋でなくてなんだろう

例句

❀これこそ証拠でなくてなんだろう。

這不是證據是什麼呢？

❀これが惨劇でなくてなんだろう。

這不是慘劇是什麼呢？

～でなくてなんであろう
不是…的話那是什麼呢

● track 026

接續

名詞＋でなくてなんであろう

比　較

和「~でなくてなんだろう」相同

例　句

❀欲望を断ち切るのが改革でなくてなんであろう。

斷絕欲望這件事，不是改革是什麼呢？

～ではあるまいし　　　●track 026
又不是…

接　續

動詞辞書形＋の／ん＋ではあるまいし

動詞た形＋の／ん＋ではあるまいし

名詞＋ではあるまいし

比　較

和「～じゃあるまいし」相同。

例　句

❀もう子供ではあるまいし、バカなことはやめよう。

又不是小孩了，別做傻事。

❀真夏ではあるまいし、裸で外を歩くのはやめて下さい。

又不是盛夏，不要光著身子在外面走。

❀披露宴に出席するのではあるまいし、そんな大げ
さな格好は要りません。

又不是要出席婚禮，不必穿得那麼盛重。

❀子供ではあるまいし、暗い所が怖いなんて、おか
しいですね。

又不是小孩，怎麼還會怕黑，真奇怪。

～てやまない
衷心地
●track 027

接　續

動詞て形＋やまない

例句

❀司法制度が一日も早く、利用しやすく国民の期待
と信頼に応えるものとなることを衷心より切望し
てやまない。

我衷心地渴望，司法制度可以早日成為符合國民期待和信
賴，並且便於使用的制度。

❀子供が立派な社会人として成長するような環境が
でき上ることを祈ってやまない。

衷心祈禱能建立，能讓孩子成為有用的社會人士的成長環
境。

❀日本を愛してやまない。

衷心深愛日本。

～と相まって
和…一起

●track 027

接　續

名詞＋と相まって

例　句

✿女達の衣の色は夕焼けの輝きと相まってより一層
美しく見える。

女人們衣服的顏色和夕陽的光輝相映在一起，看起來更加
美麗。

✿宮島の景色は海の青い色と山の緑が相まって美し
い。

宮島的景色因為海的藍和山的綠相襯，而變得美麗。

✿努力と運が相まって優勝できた。

因為有努力再配合運氣，所以可以得到優勝。

～とあって
由於…

●track 027

接　續

動詞普通形＋とあって

形容詞＋い＋とあって

形容動詞＋とあって

名詞＋とあって

例 句

❀日本のスターが来るとあってたくさんの人が見に来ている。

由於有日本的明星前來，所以有很多人來看。

❀5星のホテルとあってサービスは素晴らしい。

由於是5星級的飯店，所以服務很棒。

～とあれば

●track 028

如果是…

接 續

動詞普通形＋とあれば

形容詞＋い＋とあれば

形容動詞＋とあれば

名詞＋とあれば

例 句

❀彼女の両親が来るとあれば、部屋をきれいにしなければならない。

如果是女友的父母要來，那麼房間不整理乾淨可不行。

❀太っているとあれば、相撲にはいいことだ。

如果胖的話，對從事相撲運動來說是好事。

❀もし必要とあれば、自分の生活費を貸してやってもよいと思っている。

如果需要的話，把我的生活費借給你也可以。

❀この美しさで病気にも強いとあれば、これ以上のバラはありません。

這麼漂亮要是又不怕病蟲害，那真是再好不過的玫瑰了。

❀安くて丈夫とあれば絶対売れます。

如果又便宜又堅固的話，絕對會大賣。

～といい～といい

●track 028

不管…還是…

接　續

名詞1＋といい＋名詞2＋といい

比　較

和「～も～も」、「～といわず～といわず」同義。

例　句

❀色といい形といい素晴らしい。

不管是顏色還是形狀，都很出色。

❀田中といい、山田といい、営業の人たちはろくな注文を取ってこない。

不管是田中，還是山田，營業部的同仁都不拿些好訂單回來。

❀ 彼は容姿といい服装といいパッとしないわ。

不管是他的模樣，還是他的服裝，都很不起眼。

～というところだ

差不多(在…的程度)

● track 029

接 續

動詞辞書形＋というところだ

名詞＋というところだ

例 句

❀ 幸いにも病状はまずまずというところだ。

不幸中的大幸是病情不太嚴重。

❀ 発表会の作品は、初心者にしてはまあまあできた
というところだろう。

發表會的作品，以初學者來說，算是還可以的程度。

❀ 春節の連休といっても、毎日近所の家へ新年の挨拶
に出かけるというところだ。

說是春節的連假，但也不過是每天去附近拜年的程度。

❀ 月給は30万円というところだ。

薪水是30萬左右的程度。

❀2位を狙いたいところだったが、ジャンプでの
失敗もあって、今回は3位に落ち着いたというと
ころだ。

本來想拿到第2名的，但在跳躍的地方失敗了，所以這次差
不多拿到第3名。

～といえども ●track 029
雖然說…

接續

動詞普通形＋といえども

形容詞＋い＋といえども

形容動詞＋といえども

名詞＋といえども

比較

和「～けれども」、「～ても」同義。

例句

❀首相といえども法律は守らなければなりません。

雖然說是首相，也必需遵守法律。

❀如何に強大な精神や力といえども知性なくしては
「無」に等しい。

無論有多強大的精神和力量，如果沒有知性的話，就等於
什麼都沒有。

❀ 千万人といえども我往かん。

　雖千萬人吾往矣。

❀ 裁判所といえども道理を超えてはなりません。

　就算是法院，也不可以違背道理。

～といったところだ　　●track 030
差不多(在…的程度)

接　續

動詞辞書形＋といったところだ

名詞＋といったところだ

比　較

和「～というところだ」相同。

例　句

❀ 幅は2フィート、高さは2フィート半といったところだ。

　差不多寬2呎，高2.5呎。

❀ この車は高くても500万円といったところだろう。

　這部車再貴也差不多是五百萬日圓的程度。

❀ 両者の勢力は伯仲していて、ほぼ互角ってところだ。

　兩邊的勢力相當，幾乎是勢均力敵的程度。

❀彼は指導者というより、全体のまとめ役といった
ところだ。

説他是指導者，不如說他應該是整合全體的人物。

❀彼の成績はクラスで上の中といったところだ。

他的成績約是班級裡中上程度。

❀留学生のアルバイトだったら、まあ時給は700円か
ら1000円といったところだ。

如果是留學生打工的話，時薪大約是700～1000日圓的程
度。

～といったら(ありはし)ない ●track 030
非常；至極

接 續

動詞普通形＋といったら（ありはし）ない

形容詞＋い＋といったら（ありはし）ない

形容動詞＋だ＋といったら（ありはし）ない

名詞＋だ＋といったら（ありはし）ない

例 句

❀春の桜は美しいといったらありはしない。

沒有比春天的櫻花更美的了。

❀ばかばかしいといったらありはしない。

愚蠢至極。

❀この仕事は毎日毎日同じことの繰り返しだ。つまらないといったらない。

這工作每天都一直重複同樣的事。真是無聊至極。

❀仕事のために徹夜続きで疲れるといったらない。

為了工作每天熬夜，疲勞至極。

〜と思いきや
原以為…沒想到…

●track 031

接續

動詞普通形＋と思いきや

形容詞＋い＋と思いきや

形容動詞＋と思いきや

名詞＋と思いきや

例句

❀くまと思いきや、人間が現われたのです。

原以為是熊，沒想到出現了人。

❀昼間だから絶対込んでいると思いきや、一人もいなかった。

因為是白天，本以為會很多人，沒想到一個人都沒有。

❀このレストランは安いと思いきや、会計は5千円以上だった。

原以為那家餐廳很便宜，沒想到結帳時要5千日圓以上。

❀子供のおもちゃと思いきや大人も使える性能に驚く。

原以為是小孩的玩具，沒想到具備了大人也能用的機能，真是驚訝。

～ときたら ●track 031
説起…

接　續

名詞＋ときたら

例　句

❀うちのバカ息子ときたら、大学を卒業しても就職しないでゲームばかりしている。

說起我家的笨兒子，大學畢業了也不找工作，成天只會玩電動遊戲。

❀このコピー機ときたらよく故障する。取り替えた方がいいと思う。

提到這台影印機，常常故障。最好換一台。

❀近頃若者の間で流行っている小説ときたら、必ず主人公やその恋人が死んでおしまいです。

提到最近年輕人流行的小說，一定是以主角或主角的情人過世做結果。

～ところを

● track 032

剛好…的時候；正在…的時候，卻…

接　續

動詞辞書形＋ところを

動詞た形＋ところを

形容詞＋い＋ところを

形容動詞＋な＋ところを

名詞＋の＋ところを

比　較

「ところ」的接續方式：

正要做的時候：

動詞辞書形＋ところ

動詞意向形＋としているところ

動詞意向形＋としたところ

正在做的時候：

動詞＋ているところ

剛完成的時候：

動詞た形＋ところ

形容詞＋い＋ところ

形動動詞＋な＋ところ

名詞＋の＋ところ

例 句

❀友達と喧嘩しているところを写真に撮られた。

和朋友吵架時，被拍了照。

❀お忙しいところをお邪魔して、申し訳ありません。

在您百忙之中還來打擾，真是抱歉。

～としたって

即使…也還是

● track 032

接 續

動詞普通形＋としたって

形容詞＋い＋としたって

形容動詞＋としたって

名詞＋としたって

例 句

❀彼はどんなに野球が得意としたって、素人の域から出ていないよ。

他就算再怎麼會打棒球，也脫離不了門外漢的程度。

❀いくら俺をだまそうとしたって、もうその手に乗らない。

就算再怎麼想騙我，我也不會再上當了。

❀いくら逃げようとしたって、今度は放しませんよ。

不管你再怎麼想逃，這次我是不會放過你的。

❀いくら思い出そうとしたって、もう駄目なんだ。
あたしは記憶を失ってしまうの。

不管再怎麼想，都想不起來。因我已經失去記憶了。

❀先生だとしたって、間違えることはある。

就算是老師，也有錯的時候。

❀明日地球が滅びるとしたって私はやりたい事がある。

就算明天地球就會滅亡，我也有想做的事。

～としたところで ●track 033
即使…也還是…

接續

動詞普通形＋としたところで
形容詞＋い＋としたところで
形容動詞＋としたところで
名詞＋としたところで

比較

和「～にしたところで」、「～としたって」、「～にしたって」用法相同。

例 句

❀一年間練習するとしたところで、今回の試合には勝てないだろう。

即使是練習了一年，這次比賽應該還是贏不了。

❀彼女のテニスが上手としたところで、プロにはかなわないだろう。

即使她網球打得很好，也不可能贏得了職業選手。

～とは
沒想到會是…
●track 033

接 續

動詞普通形＋とは

形容詞＋い＋とは

形容動詞＋とは

名詞＋とは

例 句

❀こんな失礼なことを言うとは、我ながら情けない。

沒想到說了這麼失禮的話，我真是覺得不好意思。

❀もう6月だというのに、こんなに暑いとはね。

都已經6月了，沒想到會這麼熱。

❀ハンバーガー1つで1700円とは、いくらなんでも高すぎる。

沒想到一個漢堡要價1700，再怎麼說也太貴了。

〜とはいえ
雖說…

●track 034

接 續

動詞普通形＋とはいえ

形容詞＋い＋とはいえ

形容動詞＋とはいえ

名詞＋とはいえ

比 較

和「〜といっても」同義。

例 句

❀故郷とはいえ未知の土地へ来たと同じであった。

雖然是故鄉，但就和來到陌生的地方一樣。

❀彼は不満らしい。とはいえ、全く反対でもない。

他好像很不滿。雖然如此，卻也非完全反對。

❀長いこと病床にあるとはいえ、彼はまだ気を落としてはいなかった。

雖然長年臥床，他仍然沒有灰心喪志。

❀ 今年の就職は厳しいとはいえ、明るさも見える。

雖然今年就業不易，但仍可看見希望。

～とばかりに ●track 034
表現出…的樣子

接續

動詞普通形＋とばかりに

動詞命令形＋とばかりに

形容詞＋い＋とばかりに

形容動詞（＋だ)＋とばかりに

名詞（＋だ)＋とばかりに

例句

❀ 年末に向けて，チャンスとばかりに各デパートは
福袋商戦を始めました。

針對年末，各百貨就像遇到良機般開始了福袋商戰。

❀ ぼくの大好きな彼女がやっと彼氏と別れた。チャ
ンスとばかりに，デートを申し込んだ。

我喜歡的女生終於和她男友分手了。趁著這個機會，約她
出去。

❀ 妻は余計な質問はするなとばかりに私ににらみつ
けた。

妻子瞪著我，好像在說：別多問。

❀あの俳優が舞台に登場すると、「待ってました！」
とばかりに大きな拍手が起こった。

那位男演員登上舞台後，響起了如雷的掌聲，好像在說：
我們期待很久了。

❀学生たちは、信じられないとばかりに、口を開け
たまま彼を見つめていた。

學生們表現出不敢置信的表情，張著嘴巴看著他。

～ともなく
無意識地…

● track 035

接 續

動詞辞書形＋ともなく

例 句

❀ゴロゴロしながら見るともなく外を見ると、
田中先生がいました。

無所事事的時候無意識地看了外面一眼，發覺田中老師在
外面。

❀待つこともなく父が現れた。

不經等待父親就出現了。

(待つこともなく：沒有等待、不經等待。

待つともなく：無意地等、不經意地等。)

❀見るともなくぼんやり外を見ていたら、不意に
大きな鷹が飛んできた。

無意識地看著外面發呆，突然有隻大老鷹飛來。

❀散歩をしているうちに来るともなくデパートまで
来てしまった。

散步中無意間來到了百貨公司。

❀どこからともなくいい匂いが漂ってきた

不知從何處飄來了香味。

❀誰ともなく豪雨の被災者のためにボランティア
活動をしようと言い始めた。

並沒有人刻意提起，大家就開始提議從事幫助豪雨受害者
的志工活動。

～ともなしに
無意識地…、非刻意地…

●track 035

接　續

動詞辞書形＋ともなしに

比　較

和「～ともなく」相同。

例句

❀ベンチに座って、本を読んだり、人を待つともな
しに待っていたりする。

坐在長椅上，一會兒讀著書，一會兒有意無意地等著人。

❀彼は彼女たちの会話を聞くともなしに聞いていた。

他無意地聽著她們的對話。（她們的對話自然地進到他的耳朵）

❀電車の中で聞くともなしに隣の女子高校生たちの話を聞いていた

在電車裡沒有刻意聽，但聽到旁邊女高中生們的對話。

❀見るともなしにファイルをめくる。

無意地翻著文件。

❀見るともなしに見る。

無意地看。

～ともなると
一旦…

● track 036

接續

動詞辞書形＋ともなると

名詞＋ともなると

例句

❀2月ともなると、14日のバレンタインデーのこともあって若者の心が恋で盛り上がる。

一旦到了2月，因為有14日的情人節，年輕人的心情都因愛情而沸騰起來。

❀大学へ進学するともなると、研究、バイト、サークルなど、人それぞれのライフスタイルができてくる。

一旦上了大學，做研究、打工、玩社團等等，每個人都有了不同的生活方式。

❀紅葉の季節ともなると、この公園は大勢の人で賑わう。

一旦到了楓紅的季節，這個公園就會因人潮而變得熱鬧。

❀月末ともなると、本業のウェディングのアルバム製作も突然慌ただしくなる。

一旦到了月底，我的本業結婚紗相簿的製作就會突然變得很忙亂。

❀この公園は冬の間はさびしい限りだが、春ともなると桜の花が咲き、花見客で賑わうようになる。

這個公園在冬天時很冷清，但一旦到了春天，櫻花盛開，賞花客就會讓這裡熱鬧起來。

〜ともなれば
一旦…

●track 037

接續

動詞辞書形＋ともなれば

名詞＋ともなれば

比　較

和「～ともなると」相同。

例句

❀日曜日ともなれば人で賑わう公園で野球もしくは
サッカーをやっている。

一旦到了星期日，公園就會聚集著很多人在打棒球或是踢
足球。

❀観光シーズンともなれば混雑する駅も冬ともなれ
ば静かに佇んでいる。

一旦到了觀光季節就人滿為患的車站，到了冬天就變得安
靜孤單。

❀夏休み明けともなれば誰が一番よく遊んで日焼け
したか、その色の黒さが話題になった。

一旦到了暑假結束（開學第一天），誰玩得最凶、晒得最
黑這件事，就會變成大家的話題。

❀梅雨ともなれば毎日ジメジメして嫌な感じになり
ます。

只要一到了梅雨季，每天就會變得濕答答的很討厭。

な行

～ないではおかない
一定要…

● track 037

接　續

動詞ない形＋ないではおかない

比　較

和「～ずにはおかない」相同。

例句

❀ 今度こそ、本音を言わせないではおかないぞ。
這次一定要讓他說出真心話。

❀ 刑事はこの事件の犯人を逮捕しないではおかないと言っている。
警察們說要一定要逮捕這次事件的犯人。

❀ こんな失礼なことをされたのだから、絶対に謝らせないではおかない。
遇到了這麼無禮的事情，絕對要對方道歉。

❀ 毎日遅刻しているのだから、注意しないではおかない。
因為每天都遲到，一定要給些警告。

～ないではすまない
不…不行

● track 038

接　續

動詞ない形＋ないではすまない

比　較

和「～ずではすまない」相同。

例　句

❀お金がないが家賃を払わないではすまない。

　雖然沒錢，但不能不付房租。

❀学校に行きたくないが行かないではすまない。

　雖然不想去學校，但不能不去。

❀大学生はそのような文学作品が知らないではすまない。

　大學生不能不知道那一類的文學作品。

～ないまでも
雖然不…

● track 038

接　續

動詞ない形＋ないまでも

㉕ 句

❀今回の大会は大成功とは言えないまでも、それなりの成果をもたらした。

　這次大會雖稱不上是很成功，但也有一定程度的成果。

❀彼の作品は決して多くないまでも、その質は非常に高い。

　他的作品雖然稱不上多，但水準都很高。

❀あの人が犯人だと断定できないまでも、いろいろと怪しいところがある。

　雖然不能斷定那個人是犯人，但是的確有可疑之處。

❀この絵は完璧とは言えないまでも、季節を感じさせる作品だった。

　這幅畫雖稱不上是完美，但是能讓人感覺到季節感的作品。

❀仕事ができないまでも、せめてメールくらいはしてほしい。

　雖然工作的事做不好，但希望你至少可以發發電子郵件。

～ないものでもない
未必不…　　　　　　　　　●track 039

接　續

動詞ない形＋ないものでもない

比 較

　與「～ないこともない」相同。

例 句

❀まだまだ諦めるのは早い。誠意を持って話せば、
通じないものでもない。

　現在放棄還太早。有誠意的話，說不定說得通。

❀記者会見の司会、彼女は嫌だ、嫌だって言ってた
けど、目立ちたがりやの彼女のことだから、
ひょっとしたら引き受けないものでもない。

　當記者會主持人的事，她雖然說不要。但愛出鋒頭的她，
最後說不定會接受。

❀難しいけれど、何とか努力すれば、できないもの
でもないだろう。

　雖然很難，但要是努力一下，並非辦不到。

～ながらに
一邊…一邊…

● track 039

接 續

　動詞ます形＋ながらに

　名詞＋ながらに

㊋㊖

❀世界中のすべての人は生まれながらに平等である。

世上的每個人都是生而平等。

❀彼女は生まれながらに知性と才能に恵まれていた。

她有與生俱來的知性和才能。

❀彼は生まれながらにしてさまざまな才能に恵まれていた。

他與生俱來各種才能。

❀インターネットを活用すれば、家に居ながらにして世界中の最新情報が手に入る。

若能活用網路，在家的同時也能得到世界上的最新情報。

❀彼女は涙ながらに心境を語った。

她一邊流著淚，一邊說明自己的心境

❀いつもながらの心遣いに、心から感謝を申し上げます。

由衷感謝您一直以來的用心。

❀昔ながらのやり方。

從以前就沿襲下來的做法。

〜なくして（は）
如果沒有…　　●track 040

接續

名詞＋なくして（は）

例句

❀忍耐なくしては達成できない。

不忍耐就不能達成。

❀努力なくして成功なし。

不努力就不會成功。

❀苦労なくしては、誰も成功することはできない。

若是沒經過辛苦努力，誰都不可能成功。

❀山田先生なくしては今の私は存在しなかったであ
ろう。

沒有山田老師，就沒有今天的我。

〜なしに（は）
如果沒有…　　●track 040

接續

名詞＋なしに（は）

㊸㊿ 例句

❀ 努力なしには何事も成し遂げられない。

　　不努力什麼事都做不成。

❀ お酒なしには一日も過ごせない、と彼は言う。

　　他說沒酒的話就沒辦法好好過一天。

❀ 彼は何の許可もなしに事務所のパソコンを勝手に
使ってた。

　　他未經任何許可就擅用公司電腦。

❀ 彼女なしには解決できないことだ。

　　少了她就無法解決的事。

❀ 飛行機は助走なしには飛べない。

　　飛機沒有助跑就不能飛。

〜ならでは　　●track 041
只有…才有的

接續

名詞＋ならでは

比較

和「〜だけにある」、「〜だけができる」相同。

例句

❀ あの人ならではこのような文章を書ける。

　　只有那個人才寫得出這種文章。

❀あの人ならではこの仕事はできる。

只有那個人才能勝任這個工作。

❀こんな美味しい料理はうちの妻ならではのものです。

這麼好吃的菜只有我太太做得出來。

❀こんな新しい発想はあのプロデューサーならではのものです。

這麼創新的想法只有那個製作人才想得出來。

❀この図書館には、この大学ならではの充実した資料が揃っている。

這座圖書館,有著只有這間大學才有辦法收集齊全的資料。

～なり
― …馬上就…
● track 041

【接 續】

動詞辞書形＋なり

【句 型】

和「～が早いか」、「～や」、「～や否や」、「～たとんに」相同。

【例 句】

❀彼女は帰ってくるなりお風呂も入らずに寝てしまいました。

她一回來連澡都沒洗就睡了。

❀彼はドアを開けるなり、靴を履いたまま部屋に入ってきた。

門一開他就穿著鞋進到房間來。

❀パーティー会場に入るなり、彼は食べ物めがけて突進した。

他一進到派對會場，就馬上去拿食物。

❀ファンは、あのアーティストがビルから出るなり、彼にサインを求めた。

當那位歌星一從大樓裡出來，歌迷們就馬上向他索取簽名。

❀部屋に入るなり、父は突然怒ったような口調で話しはじめた。

父親一進到房間就突然用生氣的口氣開始說話。

❀入ってくるなり、彼女は倒れた。

她一進來就倒下了。

～なり～なり ● track 042
…也好…也好

接續

動詞辞書形1＋なり＋動詞辞書形2＋なり

名詞1＋なり＋名詞2＋なり

比較

和「～でも～でも」、「～するか～するかして」相同。

例 句

❀ケーキなりクッキーなり、お好きなものをどうぞ。

不管是蛋糕也好、餅乾也好，盡管吃喜歡的東西。

❀君が来るなり，僕が行くなりしなくてはならない。

不是你來，就是我去。

❀仕事ばかりしていないで、たまには旅行に行くなりスポーツをするなりして、気分転換をしたらどうですか。

不要老是忙著工作，偶爾也去旅行或是運動一下，轉換一下心情如何呢？

❀風邪を引いたのなら、薬を飲むなり何なりすればよかったのに。

如果感冒了，要是能吃藥或是做些應對措施就好了。

❀うろうろ探しまわらないで、交番で聞くなりすれば良かったのに。

不要一個人盲目亂找，直接問警察不是很好嗎。

❀英語なり中国語なり、なんか外国語を身につけたい。

英文也好，華語也行，總之想要精通外語。

～なりに
與…相應的
● track 042

接　續

　名詞＋なりに

比　較

　和「～なりの」相同。

　相似句：「～それなりに」雖然不完全，但也相應。

例　句

❀芸術家は芸術家なりに自分の世界を持っているものだ。

　藝術家有藝術家自己的世界。

❀そうなら、それなりにやってみてください。

　如果這樣的話，就請照那樣做做看吧。

❀私は私なりに人生観を持っています。

　我有我自己的人生觀。

～なりの
與…相應的
● track 043

接　續

　名詞＋なりの

比 較

和「～なりに」相同。

例 句

❀金持ちには金持ちなりの悩みがある。

有錢人有有錢人的煩惱。

❀学生には学生なりの力で出来ることが必ずあります。

學生們一定有靠學生的力量能做的事。

❀社会人には社会人なりの勉強法があります。

社會人士有社會人士學習的方法。

❀若者には若者なりのやり方がある。

年輕人有年輕人的做法。

～に（は）あたらない

●track 043

犯不著…

接 續

動詞辞書形＋に（は）あたらない

名詞＋に（は）あたらない

比 較

和「～に（は）及ばない」、「～～に（は）適さない」相同。

⑨ 例 句

❀ 何も驚くにはあたらない。

犯不著這麼驚訝。

❀ 中国語とチベット語にはもともと系統関係があるのだから、似ていても驚くにはあたらない。

華語和西藏語本來就有系統上的關係，就算很像也不用驚訝。

❀ 騒ぎが大きくなればなるほどいいのがマスコミだから、彼が騒ぎ立てたからといって非難するにはあたらない。

媒體總是希望騷動愈大愈好，就算他引起騷動也沒什麼好責怪的。

❀ 政治さえしっかりしてくれれば、まだまだ日本の国も捨てたものではなく、もちろん嘆くにはあたらないものがある。

要是確實處理好政事，日本還是有救的國家，也不需要為它嘆息。

〜にあって
在…的狀況下，所以

● track 044

接 續

名詞＋にあって

例句

❀この異国の地にあって様々なものを身近に感じて
おる。

因為身在異鄉，所以許多事都有更切身的感受。

❀その人の所属部門は、非常に不利な立場にあって、
今後の方針を決める会議へ出席しなければならな
い。

那個人所屬的部門處於劣勢，所以接下來的決策會議，他
一定要出席。

❀教師という職にあって、人の良いところを伸ばす
という大切な役割をもっていながら良いところを
おさえてしまったのではないかと反省していま
す。

因為身為教師，具有發掘人的長處的重要責任，但同時是
否也壓抑了人的缺點呢？我深自反省著。

❀あの時代にあって、あれだけの完成度の作品を
世に送り出せたのだと思う。

覺得已經拿出了在那個時代，符合當下的完美作品。

～に至って（は）

到了…階段才；到達…（極端）的地步

● track 044

接續

動詞辞書形＋に至って(は)

名詞＋に至って(は)

比較

「～に至る」：到…的地步（陳述客觀事實）

例句

❀未だに成功に至っていない人。

現在還未成功的人。

❀パソコンの買い替えするに至って、無駄のない上手な購入方法を教えて下さい。

電腦到了該換的地步了，請教我最精打細算的購買方法。

❀近年、研究者は以前にもまして激しい競争の中に置かれており、データの捏造、改ざんなどの研究上の不正行為が国内外の研究機関で生じ社会問題化するに至っている。

近年來，學者們被置於比以前更激烈的競爭中，因而有資料的捏造、篡改等研究上的不法行為，在國內外的研究機關裡發生，已經演變成社會問題的程度。

〜に至（いた）っても
甚至…也…

● track 045

接　續

動詞辞書形＋に至（いた）っても
名詞＋に至（いた）っても

例　句

❀ この報告書（ほうこくしょ）は原子炉停止（げんしろていし）のあり方（かた）を提言（ていげん）しているが、武力攻撃予測事態（ぶりょくこうげきよそくじたい）に至（いた）っても「運転停止準備（うんてんていしじゅんび）に着手（ちゃくしゅ）する」としていて、停止命令（ていしめいれい）は発出（はっしゅつ）されない。

這份報告書雖然提到了原子爐停止運轉的方法，但即使到了有武力攻擊的預測出現，都還只是說「開始準備停止運轉」，而不是發出停止的命令。

❀ 株価（かぶか）がここまで下落（げらく）するに至（いた）っても、彼（かれ）はまだ諦（あきら）めていないらしい。

股價都已經跌到這麼低了，他好像還不打算放棄。

❀ この場（ば）に至（いた）ってもまだ自（みずか）らの罪（つみ）を自覚（じかく）しない。

已經到了這個地步，還沒覺悟自己的罪過。

〜に至る
到達…的地步；到達…

●track 045

接　續

動詞辞書形＋に至る

名詞＋に至る

例　句

❀この道は公園に至る。

這條路通到公園。

❀大事に至る前に整備する事も大事だ。

在發生嚴重事態之前準備好，也是很重要的。

〜に至るまで
甚至於…

●track 045

接　續

名詞＋に至るまで

比　較

「〜に至るまで」是舉出極端的例子，強調事情的程度程度範圍。

例　句

❀鹿児島から北海道に至るまで雨です。

從鹿兒島到北海道都是雨天。

❀頭から足先に至るまでのほぼ全身がびしょびしょだ。

從頭到腳，幾乎全身都濕了。

❀大都市の学校はもちろんのこと、山村の小さな分校に至るまで、統一されたカリキュラムで教育が行われている。

大都市的學校是當然的，就連山裡的小學校，都依統一的課程大綱教學。

〜にかかわる

攸關… ● track 046

接続

名詞＋にかかわる

例句

❀ああいう行動はあなたの名誉にかかわる。

那種行動關乎你的名譽。

❀こういう行為は君の信用にかかわる。

那種行為關乎你的信用。

❀これは私の名誉にかかわる問題だ。

這是關乎我名譽的問題。

❀それは生死にかかわる問題だ。

那是攸關性命的問題。

❀よく注意して運転しないと、命にかかわるよ。

不小心駕駛的話，會喪命喔。

❀水分を摂取することは大部分の動物にとって命にかかわることである。

攝取水分這件事對大部分的動物來說，都是攸關性命的。

❀命にかかわるような病気ではありません。

這病不致於造成生命威脅。

〜に限らず
不限於…還有

●track 046

接續

名詞＋に限らず

例句

❀あの人は、テニスが上手だが、テニスに限らず、スポーツなら何でもできる。

那個人網球打得很好，但不只是網球，只要是運動都很厲害。

❀スポーツに限らず、どんなことでも努力が大切だ。

不只是運動，做任何事情努力都很重要。

❀今度のことに限らず、あの人は何をやってもだめ
だ。

不只是這一次，那個人不管做什麼都不行。

〜にかたくない
不難…

● track 047

接　續

動詞辞書形＋にかたくない

名詞＋にかたくない

例　句

❀彼の失望は想像にかたくない。

他的失望不難想像。

❀彼の両親の喜びは、察するにかたくない。

他父母的欣喜之情，不難察覺。

❀全然勉強しない彼が卒業できないことは想像にか
たくない。

完全不用功的他，不難推測他畢不了業。

～に関して（は／も）

有關…

● track 047

接　續
名詞＋に関して（は／も）

比　較
和「～に関する」相同，但「～に関する」後面接名詞。

本句型意思約等同於「～について」

例　句

❀最近不景気に関してニュースがよく新聞に出ています。

關於不景氣，最近常在報紙上有報導。

❀このことに関してまたあなたに電話するよ。

關於這件事，我會再打電話給你。

❀この文書に関して、訂正、追加がありましたらお願いします。

關於這份文件，如果有需要訂正、追加的話就拜託你了。

❀この件に関して、まったくお役に立てなくてすみません。

關於這件事，很抱歉我什麼忙都幫不上。

❀この件に関して何も言えません。

關於這件事我什麼意見都沒有。

❀今回のプロジェクトに関してはあなたの意見に賛成です。

關於這次的計畫，我贊成你的意見。

～にしたって
即使…也還是…

●track 047

接　續

動詞普通形＋にしたって
形容詞＋い＋にしたって
形容動詞＋にしたって
名詞＋にしたって

比　較

和「～としたって」相同。

例　句

❀部屋を借りるにしたって都内ではとても高くて、不可能だ。

　就算想租房子，東京市內也太貴了，不可能租得起。

❀何にしたって中途半端な事はしたくなかった。

　不管怎麼說，都不想半途而廢。

～にしたところで
即使…也還是…

●track 048

接　續

動詞普通形＋にしたところで

形容詞＋い＋にしたところで
形容動詞＋にしたところで
名詞＋にしたところで

比　較

和「～としたって」、「～にしたって」相同。

例 句

❀彼女は日本語を10年も勉強しているが、その彼女にしたところで、まだ分からない文法に時々出くわすそうだ。

她已經學了10年日語，就連她有時都還會遇到不懂的文法。

❀先生にしたって、その問題については、どうしたらいいかわからない。

就算是老師，遇到那個問題，也不知如何是好。

～にして ●track 048
只有…才；就連…

接　續

名詞＋にして

例 句

❀科学者にして出来ること。

只有科學家才辦得到的事。

❀80歳にして社長はいまだに驚くほど元気である。

就算80歳了，社長還是健康得讓人驚訝。

❀これは長年経験を積んだ彼のような人にして初めてできる技だ。

這是像他這種有長年經驗累積的人，才辦得到的技巧。

～にして
是…同時也是…
● track 048

接　續

名詞＋にして

例　句

❀彼女は英語の先生にして大学院の学生でもある。

她是英語老師，同時也是研究所學生。

～に即した
根據；按照
● track 049

接　續

名詞＋に即した

比 較

「～に即した」後面只接名詞。

意思和「～に即して（は／も）」相同。

例 句

❀新たな時代に即した勉強をしなくてはいけない。

　不迎合新時代學習不行。

❀プロとして現実に即した解決策を提示します。

　以專家的角度，依實際狀況提出解決的方法。

❀地域の状況に即した道路整備を行う。

　依地區的狀況，進行道路的整修。

～に即して

根據；按照

● track 049

接 續

名詞＋に即して

比 較

和「～に応じて」（依…）意思雖相近，但用法不同：

「～に応じて」：前面接表示程度的名詞，如：長さ、成績、金額、値段、能力…

例 奨学金の給付金額は、試験の成績に応じて決定します。

　（獎學金的給付金額是依成績而決定的）

「に即した」：前面接不表示程度的名詞，如：法律、晴雨、上手下手、賛否…

例 違反者は、法律に即して処分されます。（違反者，將依法律給予懲治）

例句

❀状況に即して、考えたり行動することが大切だ。

依狀況來思考、行動，是很重要的。

❀歯磨きやトイレトレーニングや食事のしつけなど、生活習慣に即しているので、子供達は、トレーニングだと思わず、遊びながら学んでいくことができます。

刷牙、上廁所、吃飯等生活教育，因為是依生活習慣而做的，所以孩子們不會以為是訓練，而能一邊玩一邊學習。

❀この本は事実に即して書かれたものだ。

這本書是依事實寫成的。

❀今回の試合は、新しいルールに即して採点を行う。

這次的比賽是依新規則計分。

❀現実に即して物事を考える。

依據現實思考事情。

❀裁判は法律に即して公正に行われ、犯人に無期の判決を下した。

審判依法律公正執行，給犯人無期徒刑的判決。

〜にたえない ●track 049
不堪…；不值得…

接續

動詞辞書形＋にたえない

例句

❀その恐ろしい光景は見るにたえなかった。

　那駭人的情景讓人不忍卒睹。

❀彼らの窮状は見るにたえない。

　他們的窘境讓人不忍卒睹。

❀運転手の怪我によって道路は赤く染まり、見るに
たえない光景だった。

　駕駛的傷勢讓道路染上了血跡，是讓人不忍心看的情形。

❀この歌は聴くにたえない。

　這首歌不堪入耳。

❀あの話はひどくて聞くにたえない。

　那話太慘了讓人不忍心聽。／那話太過分了不值得聽。

〜にたえない ●track 049
感到非常…

接續

名詞＋にたえない

例 句

❀こんなにすばらしいプレゼントを贈って下さり、
本当に嬉しくて感謝にたえません。

收到這麼棒的禮物，我真的感到非常開心，感謝至極。

❀このような言葉をいただき、感謝の念にたえません。

能聽到您說這些話，我由衷感謝。

❀突然の悲しいお知らせに接し、悲しみにたえません

突然接到讓人悲傷的通知，感到十分的難過。

～にたえる ● track 050
値得…；耐得了…

接 續

動詞辞書形＋にたえる

名詞＋にたえる

例 句

❀読むにたえるエッセイが書けるようになるまでに
は相当訓練がいる。

要寫出值得讀的散文之前，需要有相當程度的訓練。

❀文学として読むにたえる伝記を書きたい。

想要寫出作為文學作品值得一讀的傳記。

❀孤独と寂しさにたえる役者。

能忍受孤獨和寂寞的演員。

❀日本ではまだ使用にたえる洗濯機やテレビなどが簡単に捨てられている。

在日本，還堪用的洗衣機或電視，都被輕易地丟棄。

❀彼なら十分に委員長の任にたえられるだろう。

他能擔當委員長這個職位。

〜に足る
值得…

● track 050

接　續

動詞辞書形＋に足る

（動作性）名詞＋に足る

比　較

和「〜にたえる」都有「值得」的意思，但用法不太相同：

「〜にたえる」：前面通常是接直覺式的動詞，如：見る、読む、批判、鑑賞…

「〜に足る」：前面通常是接具有稱讚意思的動詞，如：信頼、尊敬…

例　句

❀信じるに足る理由。

值得相信的理由。

❀私たちは子供たちに信じるに足る大人社会を用意できてるのか。

我們可以創造出值得孩子們相信的大人社會嗎？

❀信用するに足るお隣。

值得信賴的鄰居。

❀客の需要を満たすに足る数量の商品を常備している。

隨時準備好滿足客人需求的商品數量。

～にひきかえ ●track 051
與…相反

接續

動詞普通形＋の＋にひきかえ

形容詞＋い＋の＋にひきかえ

形容動詞＋な／である＋の＋にひきかえ

名詞＋にひきかえ

比較

「～にひきかえ」的前後文主語通常不同，而且句子是主觀的，不適合用來陳述單純事實。若是要陳述客觀事實時，可以用「～に対して」來表示：

例 日本の大学が入学時に学部学科を決めて入学するのに対して、アメリカでは２年次（教養課程）が終るまでに専攻を決めるようになっています。

（相較於日本大學在入學時就要決科系，美國是在讀完兩年教養課程後才決定主修）

像以上的句子就不適合用「～にひきかえ」來表示。

例 句

❀腕白なクラスメートにひきかえ彼はとてもおとなしいです。

和淘氣的同學相反，他很沉穩。

❀几帳面な父にひきかえ息子はだらしないです。

和一絲不苟的父親相反，兒子很懶散。

❀先月スマートフォンの売り上げが著しく伸びたのにひきかえ、ノートパソコンの売り上げが落ち込んだ

和上個月智慧型手機營業額明顯的上升相反，筆記型電腦的營業額下滑了。

❀富裕層の生活は贅沢だったのにひきかえ、一般サラリーマンの生活はとても貧しいものだった。

和富裕家庭的奢華生活相反，一般上班的生活十分貧困。

❀前回のシングルにひきかえ、今回の曲はすばらしいできだ。

和上次的單曲相反，這次的曲子很棒。

～にもまして
比…更

文法篇　單字篇　單字比較篇　同音單字篇

接　續

動詞普通形＋の＋にもまして

形容詞＋い＋の＋にもまして

形容動詞＋な／である＋の＋にもまして

名詞（である＋の）＋にもまして

例　句

❀ 彼はいまや以前にもまして真面目に働いている。

他比以前更認真工作。

❀ 芸術は何ものにもまして最優先されるという強烈な信念を持ってます。

抱持著藝術比什麼都優先的強烈信念。

❀ 彼は以前にもまして勉強しようと決めたのです。

他決心比以前更努力念書。

❀ 彼は何物にもましてプライドを重んじる。

他把自尊看得比什麼都重要。

❀ 画面がきれいなのにもまして、画面の大きさ広さにも感動した。

比起畫面漂亮精緻，我更被畫面的大與寬所感動。

〜の至りだ
…至極
● track 052

【接續】

名詞＋の至りだ

【比較】

與「〜限りだ」相近。

【例句】

❀ 赤面の至りだ。

慚愧至極。

❀ 憧れのアーティストにサインしてもらって、もう感激の至りだ。

能得到崇拜的歌手的簽名,真是十分感動。

❀ 師匠には、全く感服の至りだ。

對師傅佩服至極。

❀ この仕事を引き受けたのは浅慮の至りだ。

接受這個工作真是非常欠考慮。

〜の極みだ
到…的極點
● track 052

【接續】

名詞＋の極みだ

比較

通常會接的名詞有：苦痛、贅沢、幸福、貧困…等。

例句

❀ 非礼の極みだ。

　無禮到極點。

❀ 遺憾の極みである。

　非常遺憾。

❀ 光栄の極みである。

　光榮至極。

❀ 「クルージングしながらバイキングしてお酒を飲み、夜景にうっとりする。」という、贅沢の極みを体験しました。

　體驗了一邊在郵輪上吃著歐式自助餐喝著酒，一面欣賞夜景，這種極度的奢華。

（ただ）〜のみ
只有… ● track 053

接續

　（ただ）＋動詞辞書形＋のみ

　（ただ）＋形容詞＋い＋のみ

　（ただ）＋名詞＋のみ

例句

❀ ただ結果を待つのみだ。

　只有等待結果了。

❀ 老兵は死なず、ただ消えるのみ。

　老兵不死，只是凋零。

❀ 理想がなかったら、仕事なんてただ苦しいだけ。

　如果沒有理想，工作只剩痛苦而已。

❀ 治療がうまくいくことを、ただ祈るのみだ。

　一心只祈禱治療能順利。

（ただ）〜のみならず　　●track 054
不僅…

接續

　（ただ）＋動詞普通形＋のみならず

　（ただ）＋形容詞＋い＋のみならず

　（ただ）＋形容動詞＋である＋のみならず

　（ただ）＋名詞＋のみならず

比較

　意同「〜だけではなく」。

例句

❀彼はイタリアの工芸品について「ただ美しいのみならず、立派でさえあり、神秘的でさえあり、その創造の力の容易ならざるものを感じる」と絶賛した。

對於義大利的工藝品，他說「不只是美麗，還很優秀、神祕，我能感受到那股創造的能力並不是輕易可得的」。

❀彼はただお金持ちであるのみならず、優しい心の持ち主である。

他不只是有錢人，還很有愛心。

❀これからの企業は単に利益を追求するのみならず、企業活動を通じて社会からの要請に的確に応えていく必要があります。

今後的企業不只是單純追求獲利，還要通過企業活動，滿足社會的需求。

❀彼女たちは内気であるのみならず、時としてほとんど全く話したがらないように見える。

她們不只害羞，有時看來還完全不想講話的樣子。

❀あの方は綺麗であるのみならず，頭も優れている。

那個人不只美麗，頭腦也很好。

❀国民は支配される者であるのみならず同時に支配する者でもあるということである。

國民不只是被支配的人，同時也是支配者。

（ひとり）〜のみならず ●track 054

不僅是…

接続

（ひとり）＋動詞普通形＋のみならず

（ひとり）＋形容詞＋い＋のみならず

（ひとり）＋形容動詞＋である＋のみならず

（ひとり）＋名詞＋（である）＋のみならず

例句

❀ 少子化はひとり日本のみならず、世界諸国においても同様にみられる傾向である。

少子化問題不只是日本，世界各國都有同樣問題的傾向。

❀ 就職難はひとり卒業生の問題のみならず、社会全体にも共通の問題である。

就業困難不只是畢業生的問題，而是社會全體共同的問題。

は行

〜はおろか
不用說…就連…也…

●track 055

接續

名詞＋はおろか

比較

和「〜どころか」類似，說話者都含有驚訝、不滿等感情。

例句

❀その患者は走る事はおろか、歩くことさえできない。

那位病人別說是跑，連走都辦不到。

❀私はフルートはおろかハーモニカも吹けない。

別說是長笛了，我連口琴都不會吹。

❀僕はドイツ語を書くのはおろか読めもしない。

別說是寫德文了，我連念都不會念。

❀初級の学生は漢字はおろか、ひらがなも正確に書けません。

初級的學生別說是漢字，連平假名都無法正確寫好。

❀こんな成績では私立大学はおろか、専門学校だって危ないよ。

這種成績，別說是私立大學了，連專門學校都可能考不上。

❀彼女は内気で、人前で歌うはおろか簡単な自己紹介
さえできない。

她很內向，別說是在大家面前唱歌，連簡單的自我介紹都
辦不到。

～ばこそ
正因為…才

● track 055

接續

動詞ば形＋こそ

形容詞＋ければ＋こそ

形容動詞＋であれば＋こそ

名詞＋であれば＋こそ

例句

❀皆様の協力があればこそこのプロジェクトが
成功できたことを感謝しております。

因為有大家的幫忙，這個企畫才能成功，我由衷感謝。

❀優勝できたのは、日頃の訓練あればこそだ。

能得到優勝都是因為平日的訓練。

❀前にもあんなに大変な仕事をしたことがあればこ
そ、今回の仕事ができたのだ。

正因為之前有那麼困難的工作經驗，才能完成這次的工作。

～ばそれまでだ

● track 056

要是…的話只好算了；要是…的話就完了

接　續

動詞ば形＋それまでだ

比　較

意同「～までのことだ」、「～たらそれまでだ」。

例　句

❀ 見つかればそれまでだ。

要是被發現就完了。

❀ 一生懸命勉強しても試験に合格しなければそれまでだ。

拚了命努力念書，要是沒有通過考試就完了。

❀ 天才であっても、努力しなければそれまでだ。

就算是天才，不努力的話也是白費。

❀ やる前から結論を出してしまえば、それまでだ。

要是在做之前就下結論，那就沒戲唱了。

❀ どんなによく勉強しても、試験に遅れてしまえばそれまでだ。

不管怎麼用功，要是考試遲到就完了。

❀ 一生懸命練習しても成果を出せなければそれまでだ。

就算拚了命的練習，要是拿不出成果也沒用。

～べからざる
不應該
● track 056

接續

動詞辞書形＋べからざる

（但「するべからざる」通常會寫成「すべからざる」）

例句

❀ 争うべからざる事実。

不爭的事實。

❀ 許すべからざる。

不可原諒。

❀ 水は生きるうえで欠くべからざるものだ。

水是生存不可欠的東西。

❀ 人間が幸福であるために欠くべからざる条件は
勤労である。

人類要幸福，不可欠的條件就是勤勞。

❀ 彼は私たちにとって欠くべからざる人だ。

他是對我們來說不可少的人。

～べからず
不應該
● track 057

接續

動詞辞書形＋べからず

（但「するべからず」通常會寫成「すべからず」）

比較

和「～べからざる」相同。

例句

❀好機逸すべからず。

不可錯失良機。

～べく
為了

●track 057

接續

動詞辞書形＋べく

（「するべく」也可寫成「すべく」）

例句

❀彼らは犯人を逮捕すべく追いかけた。

他們為了逮捕犯人而追上去。

❀彼は失敗に対して名誉を挽回すべく一生懸命頑張った。

他為了挽回失敗造成的名譽損失，拚了命地努力。

❀わたしは厳しい農業情勢を改善すべく、日々活動しています。

我為了改善嚴峻的農業狀況，每天都在行動。

ま行

～まじき
不應該

●track 058

接 續

動詞辞書形＋まじき

（「するまじき」也可寫成「すまじき」）

比 較

慣用句型「（人）にあるまじき」和「（人）としてあるべきではない」、「（人）としてあってはならない」相同。

例 句

❀許すまじき暴言を吐く。

説出不可原諒、蠻不講理的話。

❀経営者による許すまじき行為。

身為經營者不可被原諒的行為。

❀すまじきものは宮仕え。

受人使喚很痛苦，最好別做這種工作。（俚語）

❀教師にあるまじき行為。

身為教師不可有的行為。

❀スポーツマンとしてあるまじき服装や行動は絶対に認めない。

身為運動員絕不被認可的服裝和行為。

～まで（のこと）だ
只好

●track 058

接　續

動詞辞書形＋まで（のこと）だ

比　較

和「～ばそれまでだ」的意思有些類似，但「～ばそれまでだ」是表示事情完了、結束了。

例　句

❀ どの道も避けられないのなら、過ぎ去るのを待つまでだ。

如果這是不可避免的一條路，那就只能等它過去。

❀ 誰も手伝ってくれないのなら、自分で頑張るまでのことだ。

若是沒有人肯幫忙，那就只好自己努力。

❀ 電車がだめなら、タクシーで行くまでのことだ。

若是無法搭電車，那就只好坐計程車去。

～まで（のこと）だ
只不過是…而已

●track 059

接　續

動詞辞書形＋まで（のこと）だ

㊋㊊

❀大したことじゃないんだが、念のため知らせたまでのことだ。

雖然不是什麼大事，但為以防萬一還是告知你。

～までもない

用不著…

●track 059

接續

動詞辞書形＋までもない

㊋㊊

❀あなたの協力がとても重要であることは言うまでもない。

你的幫忙是很重要的，這件事不用說也知道。

❀言うまでもないことだが、彼が悪い。

不用說也知道，是他的錯。

❀夏目漱石が明治の文豪であることは言うまでもないことだ。

夏目漱石是明治時代的大文學家，這點不用說也知道。

❀このくらいの怪我なら病院へ行くまでもない。

這點小傷用不著上醫院。

❀説明するまでもないですが、ストレス解消食いは
良くないです。

不需說明也知道，因壓力而暴飲暴食是不好的。

～までもなく
用不著…

接続

動詞辞書形＋までもなく

比較

「～までもない」後面接名詞。

「～までもなく」後面接動詞、形容詞、副詞。

例句

❀呼気中のアルコール濃度を調べるまでもなく、
男性は見事に酔っ払いだとバレてしまいました。

不用調查呼吸中的酒精濃度也知道，那個男的很明顯是醉
了。

❀彼は、経験は言うまでもなく、知識もない。

不用說經驗，他連知識都沒有。

❀言うまでもなく、正直は最良の策である。

不用說也知道，誠實是最好的對策。

～まみれ
全都是

● track 060

接　續

名詞＋まみれ

比　較

「だらけ」、「まみれ」、「ずくめ」的區別：

「だらけ」：在一個空間內散亂地擺著。如：ごみだらけ。

「まみれ」：表面上密布著細小的東西（灰塵、血）。如：血まみれ。

「ずくめ」：是清一色、全體。如：黒ずくめの男。

例　句

❀汗まみれ。

　　滿身是汗。

❀彼の顔は血まみれだった。

　　他的臉滿是血。

❀土まみれの手。

　　滿是泥土的手。

❀机の裏からほこりまみれで眠っていた高校時代の卒業ライブのDVDがひょっこり出てきた。

　　桌子深處出現沾滿了灰塵沉封已久的高中時代畢業公演的DVD。

まるで～のような
就像是…般
● track 060

接續

まるで＋動詞普通形＋のような

まるで＋名詞＋のような

例句

❀まるでフィクションのような風景。

像是虛構般的風景。

❀まるで夢のような一日でした。

就像夢一樣的一天。

❀犬が思いっきり走っている瞬間やジャンプしている瞬間を捕らえた写真は、まるで空を飛んでるように見えたり、ちょっと違った迫力のある面を見ることができます。

在小狗奮力奔跑瞬間，或是跳躍瞬間拍的照片，小狗就像是飛在空中似的，呈現出另一種不同的氣勢。

～めく
像…的樣子；帶有…的意思
● track 061

接續

名詞＋めく

（「めく」常會用過去式「めいた」。）

例句

❀ 県内は、高気圧に覆われて全般に青空が広がり、日中の気温は前日よりさらに上昇し、春めいた陽気に包まれた。

在縣內，是被高氣壓所籠罩的一片晴空，白天的氣溫比前一天還升高了許多，被春意的溫暖所包圍著。

❀ 課長の皮肉めいた言い方を、皆は不快に感じている。

課長帶有諷刺的說法，給大家不愉快的感覺。

❀ 親友なのに、他人めいたこと言わないでよ。

明明就是好朋友，何必說這麼見外的話。

～もさることながら
…就不用說了；非但…　　　● track 061

接續

名詞＋もさることながら

例句

❀ あの店は味もさることながら、雰囲気もよい。

那間店的口味就不用說了，氣氛也很棒。

❀ 展示物の魅力もさることながら、解説の充実ぶりが素晴らしい。

展示品的魅力就不用說了，充實的解說也很棒。

❀このドラマはキャスト、ストーリーもさることながら音楽もいい。

那部日劇，非但是演員陣容、故事，就連音樂都很棒。

❀効能もさることながらデザインも優れた。

性能就不用說了，設計也很棒。

～ものを
假如…就好了

●track 062

接續

動詞普通形＋ものを

形容詞＋い＋ものを

形容動詞＋な＋ものを

比較

和「～ものの」做比較：

「～ものを」：要是…的話，就不會…。前面通常是和事實相反的假設句子，表示後悔、遺憾或責備。

「～ものの」：雖然…但…。前後文的主詞相同，前面的句子敘述現在或過去的事實狀況。

例句

❀連絡してくれれば、手伝ってあげたものを。

要是聯絡我的話，我明明會幫你的。

❀素直に言えばいいものを、なぜか遠回しの表現を使うのは、特別な理由があるのではないか。

明明直說就好，何必拐彎抹角的，是有特別的理由嗎？

や行

～や ●track 062
一…就立刻…

接續

動詞辞書形＋や

例句

❀やってきたエレベーターのドアが開くや彼が乗り込む。

電梯來了門一開他就立刻進去。

～や否や ●track 062
一…就立刻…

接續

動詞辞書形＋や

比較

和「～が早いか」、「～なり」、「～たとたん（に）」相似。

例句

❀数時間前から列車を待つために並び、ドアが開くや否や、彼女たちは空席に向かって猛ダッシュする。

從好幾個小時前就開始排隊等火車來，當門一開，她們就立刻往空位衝。

❀搭乗のアナウンスが聞こえるや否や、皆がゲートの方へ走り出した。

　一聽到登機廣播，大家就往登機門的方向跑。

❀ランドセルを置くや否や、外に飛び出した。

　一放下書包，就往外跑。

～ゆえ（に）
由於
●track 063

接 續

　動詞普通形＋ゆえ（に）

　形容詞＋い＋ゆえ（に）

　形容動詞＋ゆえ（に）

　名詞＋ゆえ（に）

比 較

　「ゆえに」可放在句首當接續詞用。

例 句

❀やるべきことがあるゆえ、いつもより１時間早く起きる。

　由於有該做的事，所以比平常提早１小時起床。

❀通信教育で英語を学び始めたが、不自由があるゆえに会話と筆記がままならない。

雖然開始透過函授學英文，但因為身障，所以不能好好的做到會話和抄筆記。

～ゆえの
由於

●track 063

接續

動詞普通形＋ゆえの
形容詞＋い＋ゆえの
形容動詞＋ゆえの
名詞＋ゆえの

比較

「ゆえの」後面接名詞；「ゆえに」後接動詞、形容詞、副詞。

例句

❀彼が恋人と破局の原因は多忙ゆえの擦れ違いだった。

他和戀人分手的原因是因太忙而造成經常見不著面。

❀無理心中したのは貧乏なゆえの悲劇だ。

全家自殺是由於貧困造成的悲劇。

わ行

～わけにはいかない
不能… ●track 064

接　續

動詞辞書形＋わけにはいかない

比　較

「～わけにはいかない」、「～わけにもいかない」是以常識或過去的經驗來考量，而做出「不行」的結論。
「～わけではない」、「～わけでもない」則是「未必～」的意思，是用來判斷較個人的事情。

例　句

❀ 試験があるので、休むわけにはいかない。

　因為有考試，所以不能休息。

❀ 私が入院したことはだれにも話したくないが、いなかの母には知らせないわけにはいかないだろう。

　我住院的事不想告訴任何人，但不能不告訴在鄉下的母親。

❀ 闘わずして負けるわけにはいかない。

　絕不能不戰而敗。

❀ まだ負けを認めるわけにはいかない。

　現在還不能認輸。

❀ どんなに酔っ払っていたって、仕事を休むわけにはいかない。

　不管再怎麼醉，工作都不能休息。

❀有能な人を抑えつけておくわけにはいかない

絕不能壓抑有才華的人。

～をおいて
除了…
●track 064

接續

名詞＋をおいて

比較

「～をおいて」後面通常會以「～をおいて～ない」的形式出現，表示「除了…之外，就沒有…」的意思。

例句

❀あなたをおいて、この仕事の担当者の適任者はいない。

除了你，沒有其他人能當這件事的負責人。

❀この困難な任務を果たせるのは、彼をおいてほかにはいない。

能完成這項困難任務的，除了他沒有別人。

～を禁じえない
禁不住…
●track 065

接續

名詞＋を禁じえない

比　較

意思和「〜でしょうがない」、「〜てたまらない」、「〜てならない」、「〜ないではいられない」相似。

例 句

❀政府には怒りを禁じえない。

政府<ruby>政府<rt>せいふ</rt></ruby>には<ruby>怒<rt>いか</rt></ruby>りを<ruby>禁<rt>きん</rt></ruby>じえない。

　忍不住對政府感到憤怒。

❀<ruby>彼<rt>かれ</rt></ruby>の<ruby>話<rt>はなし</rt></ruby>を<ruby>聞<rt>き</rt></ruby>いて、<ruby>私<rt>わたし</rt></ruby>は<ruby>涙<rt>なみだ</rt></ruby>を<ruby>禁<rt>きん</rt></ruby>じえなかった。

　聽了他的話，我忍不住掉下淚來。

❀<ruby>切<rt>せつ</rt></ruby>なる<ruby>望郷<rt>ぼうきょう</rt></ruby>の<ruby>念<rt>ねん</rt></ruby>を<ruby>慮<rt>おもんぱか</rt></ruby>って<ruby>涙<rt>なみだ</rt></ruby>を<ruby>禁<rt>きん</rt></ruby>じえない。

　一想到思念的故鄉，就忍不住流淚。

❀<ruby>日米<rt>にちべい</rt></ruby>の<ruby>報道<rt>ほうどう</rt></ruby>の<ruby>違<rt>ちが</rt></ruby>いには<ruby>驚<rt>おどろ</rt></ruby>きを<ruby>禁<rt>きん</rt></ruby>じえない。

　對於日本和美國兩方報導的差異，不禁感到驚訝。

❀あまりのバカバカしさに<ruby>失笑<rt>しっしょう</rt></ruby>を<ruby>禁<rt>きん</rt></ruby>じえない。

　因為太蠢了，忍不住笑出來。

〜をもって　　　　　　　　　　●track 065
於…

接　續

名詞＋をもって

比　較

禮貌的說法是：「〜をもちまして」。

㊛㊚

❀今シーズンは来週をもって終了する。

本賽季將在下星期結束。

❀今日をもって仕事を辞めます。

於今天辭掉工作。

❀田中さんが明日をもってご退職になります。

田中先生將於明天離職。

～をもって
用…(方法)

●track 065

接續

名詞＋をもって

例句

❀本会へ入会しようとする者は、書面をもって申し込み、幹事会の承認を受けなければならない。

想要加入本會的人，請以書面方式申請，並需經理事會同意方可加入。

❀お客さまのご期待に、最大限の努力をもってお応えしたい。

會盡最大的努力，來滿足客人的期待。

～をものともせずに
不把…放在眼裡

● track 066

接　續

名詞＋をものともせずに

例　句

❀選手たちは足の痛みをものともせずに駅伝を走り抜いた。

選手們不把腳痛當一回事，跑完了長距離接力。

❀山田商社はこの 100 年に 1 度と言われる未曾有の不況をものともせずに、受注を伸ばしている元気な企業である。

不把這百年一次的景氣寒冬當一回事，山田公司的訂單量還是上升，是朝氣蓬勃的企業。

❀冬の寒さをものともせずに身体を動かす。

不把冬天的寒冷當一回事，活動筋骨。

～を余儀なくさせる
不得已

● track 066

接　續

名詞＋を余儀なくさせる

㋹ 句

❀ 醜聞は首相の辞任を余儀なくさせた。

醜聞迫使首相下台。

❀ 社長は倒れたので、明日の会議は延期を余儀
なくさせる。

因為社長生病了，明天的會議不得不延期。

〜を余儀なくされる
不得已
● track 066

接　續

名詞 + を余儀なくされる

比　較

「〜を余儀なくされる」是表示被動，所以主詞是不得不
做某件事的主體，如「醜聞は首相の辞任を余儀なくさせ
た。」中的「首相」。

「〜を余儀なくさせる」是表示使役，句子的主詞是迫使
發生動作的原因，如「醜聞は首相の辞任を余儀なくさせ
た。」中的「醜聞」。

㋹ 句

❀ 首相は醜聞によって辞任を余儀なくされた

首相因醜聞不得不辭職。

❁自動車会社は急激な円高で市場からの撤退を余儀な
くされた。

　汽車公司因為日圓急遽升值而不得不從市場撤退。

❁勤務先を解雇されて社員寮から退居を余儀なくさ
れた。

　因為被解催，而不得不搬離員工宿舍。

～をよそに
不顧…
●track 067

接續

名詞＋をよそに

比較

和「～をものともせずに」比較：

「～をよそに」：通常用在較負面的情況。

「～をものともせずに」：用在較積極做某事的情況。

例句

❁家族の心配をよそに上京した。

　不管家人的擔心而到東京發展。

❁市場の不満をよそに再増資を画策する。

　不管市場的不滿而計畫再增資。

❀目の前に迫る試験をよそに、ふだんやらない部屋の整理整頓を始めた。

不管迫在眉睫的考試，開始平常不會做的房間打掃工作。

〜んがため（に）

為了…

● track 067

接　續

動詞ない形＋んがため（に）

（「する」會寫成「せんがため」）

例　句

❀人間は生きんがために、心ならずも悪事をしてしまう場合がある。

人為了生存，有時也會做身不由己的壞事。

❀一日も早く成功せんがために、必死で働いている。

為了早日成功，拼命的努力。

❀大学に進学せんがために彼は昼夜寝ずに勉強している。

為了上大學，他不眠不休地用功。

～んがための
為了…

● track 068

接　續

動詞ない形＋んがための

（「する」會寫成「せんがための」）

例　句

❀ 新聞を売らんがため、記事を捏造した。

為了讓報紙報熱賣，所以杜撰報導。

❀ 勝たんがための練習しか考えない部活動が嫌いだ。

討厭只為了勝利而練習的社團活動。

～んばかりだ
簡直像…一樣；幾乎

● track 068

接　續

動詞ない形＋んばかりだ

（「する」會寫成「せんばかりだ」）

例　句

❀ 彼女は唇を震わせて、今にも泣き出さんばかりだ。

她的雙唇顫抖著，現在也像要哭了一樣。

❀テレビで自分の名前が読まれて、私は躍り上がらんばかりだ。

電視裡傳出自己的名字，我好像要跳起來一樣。

～んばかりに
簡直像…一樣；幾乎

● track 068

接　續

動詞ない形＋んばかりに

（「する」會寫成「せんばかりに」）

例　句

❀「あなたとは関係ない」と言わんばかりに彼女は彼を無視していた。

她彷彿是在說著「和你沒有關係」般的，對他視而不見。

❀彼女は同意すると言わんばかりにうなずいた。

她就像在說同意一般，點了點頭。

❀彼女は泣かんばかりに「メールをくださいね」と言った。

她就像要哭了一樣，說著「記得寄電子郵件給我」。

〜んばかりの
簡直像…一樣；幾乎

●track 069

接　續

動詞ない形＋んばかりの

（「する」會寫成「せんばかりの」）

比　較

「〜んばかりだ」、「〜んばかりに」＋名詞

「〜んばかりの」＋名詞

例　句

❀彼は溢れんばかりの才能を持つ。

　他的才華洋溢。

❀彼のスピーチが終わると、割れんばかりの拍手が沸き起こった。

　他的演說結束後，響起了如雷的掌聲。

單字篇

あ

あいそ
愛想
● track 070
表 親切、和藹　⇦名

例 句

❀ 愛想のない人。

不親切的人。

あえて
● track 070
表 敢、特意　⇦副

例 句

❀ 彼女はできるはずがないのに、あえてやると言った。

她明明辦不到，卻故意說要做。

あざ
鮮やか
● track 070
表 鮮明、漂亮　⇦形動

例 句

❀ 色彩が鮮やかに見える。

色彩鮮明可見。

あつりょく
圧力
● track 071
表 壓力　⇦名

例 句

❀ 与党に圧力をかける。

對執政黨施壓。

あっけない　　　　　　　　● track 071
表 太簡單、不盡興　⇐形

例 句

❀勝負があっけなく終わった。

比賽簡簡單單就結束了。

あっさり　　　　　　　　　● track 071
表 (味道)清淡、(個性)坦率、輕鬆　⇐副

例 句

❀あっさり断られた。

被一口回絕。

圧迫（あっぱく）　　　　　　　● track 071
表 壓迫　⇐名

例 句

❀相手に圧迫感を与える。

給對方壓力。

危ぶむ（あや）　　　　　　　● track 071
表 擔心、認為危險　⇐動

例 句

❀このままでは進級が危ぶまれる。

再這樣下去是否能升級很讓人擔心。

荒っぽい　● track 071
あら

義 粗暴、粗糙　⇐形

例 句

❀この家の建て方が荒っぽい。
いえ　　　た　かた　　あら

　這房子的建造手法很粗糙。

安定　● track 072
あんてい

義 安定、安穩　⇐名、形動

例 句

❀物価が安定してきた。
ぶっか　　あんてい

　物價穩定下來了。

安否　● track 072
あんぴ

義 平安與否　⇐名

例 句

❀遭難者の安否を気遣う。
そうなんしゃ　あんぴ　きづか

　在意遇難者是否平安。

❀安否を問う。
あんぴ　と

　尋問是否平安。

い

いかにも　　　　　　　　　　　● track 072
義 實在、的確　⇦副

例 句

✿いかにもそうだ。

的確是這樣。

勇（いさ）ましい　　　　　　　　● track 072
義 勇敢、好鬥　⇦形

例 句

✿勇（いさ）ましく突撃（とつげき）する。

奮勇衝鋒。

一人前（いちにんまえ）　　　　　　　● track 072
義 能勝任、成人　⇦形動

例 句

✿若（わか）いうちから一人前（いちにんまえ）に働（はたら）く。

從年輕的時候就能獨當一面工作。

一連（いちれん）　　　　　　　　　● track 073
義 一系列、一連串　⇦名

例 句

✿一連（いちれん）の事件（じけん）を調査（ちょうさ）する。

調查一連串的事件。

いっかつ
一括　　　　　　　　　　　　　　●track 073
義 一次、總括起來　⇐名

例 句

❀四つの議案を一括上程する。
匯整四個案子，一次提出。

いっきょ
一挙　　　　　　　　　　　　　　●track 073
義 一舉、一下子　⇐副

例 句

❀敵を一挙に粉砕した
一舉打敗敵人。

いっけん
一見　　　　　　　　　　　　　　●track 073
義 看一見、一看、乍看　⇐名

例 句

❀一見して強そうな男。
乍看之下很強的男子。

いと
意図　　　　　　　　　　　　　　●track 073
義 企圖、意圖　⇐名

例 句

❀敵の意図を見抜いた。
看穿了敵方的企圖。

文法篇

單字篇

單字比較篇

同音單字篇

いど
挑む

表 挑戰　⇐動

● track 073

例 句

✿強敵に挑む。
きょうてき　いど

　挑戰強敵。

いやいや
嫌々

表 勉強、搖頭　⇐名、副

● track 074

例 句

✿嫌々引き受けた。
いやいやひ　う

　勉強接受了。

いやみ
嫌味

表 令人不快、挖苦　⇐名、形動

● track 074

例 句

✿嫌味に聞こえる。
いやみ　き

　聽起來像是挖苦。

う

うかが
伺う ●track 074
表 請教、聽說、拜訪 ⇐動

例 句

❀ご意見を伺いたい。
　想請教您的意見。

うずめる ●track 074
表 埋、充滿 ⇐動

例 句

❀顔を布団にうずめる。
　把臉埋到被子裡。

うつろ ●track 074
表 空洞、空虛、發呆 ⇐名、形動

例 句

❀うつろな眼差し。
　呆滯的眼神。

う
生まれつき ●track 075
表 與生俱來 ⇐名

例 句

❀生まれつきの美声。
　與生俱來的美聲。

う
埋める　　　　　　　　　　　　　● track 075
㊥填補、埋入　　⇦動

㋭�

❀赤字を埋める。

　填補赤字。

うるお
潤う　　　　　　　　　　　　　● track 075
㊥濕潤、寬裕、受惠　　⇦動

㋭�

❀生活が潤った。

　生活變得寬裕。

え

栄光（えいこう）　● track 075
義 光榮　⇦名

例 句

❀ 勝利（しょうり）の栄光（えいこう）に輝（かがや）く。
　得到光榮的勝利。

営利（えいり）　● track 075
義 營利　⇦名

例 句

❀ 営利（えいり）を度外視（どがいし）する。
　不以營利為目的。

会釈（えしゃく）　● track 075
義 打招呼　⇦名

例 句

❀ 会釈（えしゃく）を交（か）わす。
　彼此打招呼。

えんえん
延々

● track 076

義 沒完沒了　⇐ 形動

例句

❀ 試合は延々４時間に及んだ。

比賽長達４個小時。

えんかつ
円滑

● track 076

義 圓滿、順利　⇐ 名、形動

例句

❀ このプロジェクトは円滑に進む。

這個案子進行得很順利。

お

大_{おお}いに
義 很、非常　⇦形動　●track 076

例 句

❀可能性_{か の う せい}は大_{おお}いにある。
非常有可能。

オーバー
義 超過　⇦名、形動　●track 076

例 句

❀予算_{よ さん}をオーバーする。
超出預算。

行_{おこな}う
義 舉行　⇦動　●track 076

例 句

❀会議_{かい ぎ}が行_{おこな}われる。
舉行會議。

厳_{おごそ}か
義 肅穆、隆重　⇦形動　●track 077

例 句

❀厳_{おごそ}かな態度_{たい ど}。
嚴肅的態度。

おごる
表 請客　⇦**動**

●track 077

例句

❀わたしがおごる。

　我請客。

恐^{おそ}ろしい
表 可怕的、驚人的　⇦**形**

●track 077

例句

❀恐^{おそ}ろしくて声^{こえ}も出^だせない。

　因為太可怕而發不出聲音。

訪^{おとず}れる
表 訪問、拜訪、來臨　⇦**動**

●track 077

例句

❀友達^{ともだち}を訪^{おとず}れる。

　拜訪朋友。

脅^{おびや}かす
表 威嚇　⇦**動**

●track 077

例句

❀安全^{あんぜん}が脅^{おびや}かされる。

　安全受到威脅。

重苦しい（おもくるしい）

● track 077

意 鬱悶、沉悶　⇐形

例句

❀ 気分が重苦しい。

心情鬱悶。

折り畳む（おりたたむ）

● track 078

意 折疊　⇐動

例句

❀ 新聞をきちんと折り畳む。

把報紙疊好。

折れる（おれる）

● track 078

意 折斷、屈服、折疊、轉彎　⇐動

例句

❀ 彼が折れてきた。

他讓步了。

愚か（おろか）

● track 078

意 愚蠢　⇐形動

例句

❀ 愚かなことを言うな。

別說蠢話。

か

がいとう
街頭
街頭 ⇦ 名
● track 078

例 句

❀街頭で演説する。

在街頭演説。

かいご
介護
看護 ⇦ 名
● track 078

例 句

❀年老いた母を介護する。

照顧老母親。

かいじゅう
怪獣
怪獣 ⇦ 名
● track 078

例 句

❀怪獣映画。

怪獣電影。

がいせつ
概説
概説 ⇦ 名
● track 079

例 句

❀法律について概説する。

概説關於法律的話題。

かいしゅう
改修　　　　　　　　　　　　● track 079
義 修理　⇦名

例 句

❀道路の改修工事。
どうろ　　かいしゅうこうじ

　道路修理工程。

かいしゅう
回収　　　　　　　　　　　　● track 079
義 収回　⇦名

例 句

❀アンケートを回収する。
　　　　　　　　かいしゅう

　回收問卷。

かいにゅう
介入　　　　　　　　　　　　● track 079
義 介入　⇦名

例 句

❀紛争に介入する。
ふんそう　　かいにゅう

　介入紛爭。

かいほう
介抱　　　　　　　　　　　　● track 079
義 照顧　⇦名

例 句

❀老人を介抱する。
ろうじん　　かいほう

　照顧老人。

垣根 <small>かきね</small>
表 籬笆、隔閡 ⇦名　　　　　　　　● track 079

例 句

❀垣根を作る。

蓋籬笆。／產生隔閡。

核 <small>かく</small>
表 核、中心 ⇦名　　　　　　　　● track 080

例 句

❀核となる人。

核心人物。

革新 <small>かくしん</small>
表 革新 ⇦名　　　　　　　　● track 080

例 句

❀保守と革新の衝突。

保守與革新的衝突。

格別 <small>かくべつ</small>
表 特別、顯著 ⇦名、形動、副　　　　　　　　● track 080

例 句

❀今日は格別暑かった。

今天特別熱。

かける ● track 080

義 掛、穿戴、搭、蓋上 ⇦ 動

例 句

❀ 壁に絵をかける。

把畫掛在牆上。

火災 ● track 080

義 火災 ⇦ 名

例 句

❀ 火災が起こる。

發生火災。

稼ぐ ● track 080

義 賺錢、獲得 ⇦ 動

例 句

❀ 学費を自分で稼ぐ。

自己賺學費。

過疎 ● track 081

義 過少 ⇦ 名

例 句

❀ 過疎の山村。

人口稀少的山村。

がっしり ● track 081

義 健壯、牢固 ⇦ 副

例 句

❀ がっしりした<ruby>体<rt>からだ</rt></ruby>つき。

健壯的體格。

<ruby>過密<rt>かみつ</rt></ruby> ● track 081

義 密度過高 ⇦ 名、形動

例 句

❀ <ruby>過密<rt>かみつ</rt></ruby>な<ruby>人口<rt>じんこう</rt></ruby>。

過多的人口。

<ruby>枯<rt>か</rt></ruby>れる ● track 081

義 枯萎、老練、枯瘦 ⇦ 動

例 句

❀ <ruby>末<rt>き</rt></ruby>が<ruby>枯<rt>か</rt></ruby>れる。

樹木枯萎。

<ruby>仮<rt>かり</rt></ruby>に ● track 081

義 要是、如果、暫時 ⇦ 副

例 句

❀ <ruby>仮<rt>かり</rt></ruby>に<ruby>失敗<rt>しっぱい</rt></ruby>したらどうする。

要是失敗了該怎麼辦？

かわ
乾く　　　　　　　　　　　　●track 081
表 **乾枯、乾燥**　⇐動

例 句

❀ 川の水が乾いてしまった。

河川裡的水乾了。

かんい
簡易　　　　　　　　　　　　●track 082
表 **簡單**　⇐名、形動

例 句

❀ 簡易な手続き。

簡單的手續。

かんけつ
完結　　　　　　　　　　　　●track 082
表 **結束**　⇐名

例 句

❀ この連載が完結する。

這個連載即將結束。

がんこ
頑固　　　　　　　　　　　　●track 082
表 **頑固、固執**　⇐名、形動

例 句

❀ 頑固な親父。

頑固的老爹。

かんじん
肝心
義 首要、關鍵　⇦名、形動

● track 082

例 句

❀ 何_{なに}よりも基本_{きほん}が肝心_{かんじん}だ。

　基礎是最重要的。

かんぺき
完璧
義 完美　⇦名、形動

● track 082

例 句

❀ 完璧_{かんぺき}を期_きす。

　力求完美。

かんわ
緩和
義 舒緩　⇦名

● track 082

例 句

❀ 混雑_{こんざつ}が緩和_{かんわ}する。

　雜亂的情形得到舒緩。

き

● track 083
規格（きかく）
表 規格、標準 ⇦名

例句

❀ 規格を統一する。

統一規格。

● track 083
戯曲（ぎきょく）
表 劇本、戲劇 ⇦名

例句

❀ 戯曲を書く。

寫劇本。

● track 083
気障（きざ）
表 裝模作樣、讓人不快、刺眼 ⇦名、形動

例句

❀ 気障なやつ。

討人厭的傢伙。

● track 083
気品（きひん）
表 品格、高雅 ⇦名

例句

❀ 気品のない人。

沒有氣質的人。

起伏 _{きふく}
義 起伏、高低 ⇦ 名

● track 083

例 句

❀ 感情の起伏が激しい。

情緒起伏很大。

脚本 _{きゃくほん}
義 脚本 ⇦ 名

● track 083

例 句

❀ ドラマの脚本を書く。

寫連續劇的劇本。

教訓 _{きょうくん}
義 教訓 ⇦ 名

● track 084

例 句

❀ よい教訓を得る。

得到好的教訓。

極端 _{きょくたん}
義 極端 ⇦ 名、形動

● track 084

例 句

❀ 極端な言い方。

偏激的説法。

きょひ
拒否
義 拒絕　⇦ 名

● track 084

例句

❋ 返答を拒否する。

拒絕回答。

きんもつ
禁物
義 大忌、嚴禁　⇦ 名

● track 084

例句

❋ 油断は禁物だ。

千萬不可大意。

きんゆう
金融
義 金融、資金融通　⇦ 名

● track 084

例句

❋ 金融界の不況。

金融界的不景氣。

く

空虚（くうきょ）

義 空的、空虚　⇦ 名、形動

● track 085

例 句

❀ 空虚な生活。

空虚的生活。

狂わせる（くるわせる）

義 使發狂、使失常　⇦ 動

● track 085

例 句

❀ 計画を狂わせる。

使計畫被打亂。

玄人（くろうと）

義 行家、內行人　⇦ 名

● track 085

例 句

❀ 玄人も顔負けするほどの腕。

連高手都要服輸的技巧。

加える
意 加上、添加 ⇐ **動**

●track 085

例 句

❀ 歳を一つ加える。

　長了一歲。

企てる
意 企圖、企畫 ⇐ **動**

●track 085

例 句

❀ 新商品の開発を企てる。

　籌畫新商品的開發製作。

け

けいせい
形勢 ● track 086
義 形勢 ⇐ 名

例 句

❀形勢が逆転する。

　形勢逆轉。

けいそつ
軽率 ● track 086
義 貿然、草率 ⇐ 形動

例 句

❀軽率な行動。

　草率的行動。

けいやく
契約 ● track 086
義 契約 ⇐ 名

例 句

❀契約を結ぶ。

　締結契約。

けっかん
欠陥
● track 086
義 缺點　⇦名

例句

❀ 性格に欠陥がある。
せいかく　　けっかん

　個性有缺陷。

げんきゅう
言及
● track 086
義 提到　⇦名

例句

❀ 進退問題に言及する。
しんたいもんだい　　げんきゅう

　提到進退的問題。

けんこう
健康
● track 086
義 健康　⇦名、形動

例句

❀ 健康な子供。
けんこう　　こども

　健康的孩子。

けんぜん
健全
● track 087
義 健全　⇦形動

例句

❀ 健全な財政。
けんぜん　　ざいせい

　健全的財政。

けんめい
賢明
(表)**賢明、明智** ⇦ 名、形動

● track 087

例 句

❀ 賢明な判断。

明智的判斷。

げんみつ
嚴密
(表)**嚴密** ⇦ 形動

● track 087

例 句

❀ 嚴密な調査。

嚴密的調查。

こ

こ あ
小当たり ● track 087
義 刺探 ⇦ 名

例 句

❀ 小当たりに当たってみる。

　稍微刺探一下。

こう い
行為 ● track 087
義 行為 ⇦ 名

例 句

❀ 不法行為。
　ふ ほう こう い

　不法行為。

こう かい
後悔 ● track 087
義 後悔 ⇦ 名

例 句

❀ 済んだことは後悔しても始まらない。
　す　　　　　　　こう かい　　　　　　　はじ

　已經過去的事後悔也於事無補。

こうじょう
向上　　　　　　　　　● track 088
義 改善、提高　⇐名

例 句

❀学力が向上する。
提升學習成效。

ごうとう
強盗　　　　　　　　　● track 088
義 強盗　⇐名

例 句

❀銀行強盗。
銀行搶匪。

こうみょう
巧妙　　　　　　　　　● track 088
義 巧妙　⇐名、形動

例 句

❀巧妙な手段を用いる。
運用巧妙的手段。

こうふ
交付　　　　　　　　　● track 088
義 交付、頒發、發給　⇐名

例 句

❀証明書を交付する。
授予證明書。

こころが
心掛ける
●track 088

義留心、注意　⇦動

例句

✿規則正しい生活を心掛ける。

注意維持生活作息正常。

こころづよ
心強い
●track 088

義有信心、受鼓舞、放心　⇦形

例句

✿君がいてくれれば心強い。

如果你陪著我，我就不怕。

こころよ
快い
●track 089

義高興、快樂、痛快、樂意　⇦形

例句

✿快い雰囲気。

令人愉快的氣氛。

こぜに
小銭
●track 089

義零錢　⇦名

例句

✿小銭をためる。

存積零錢。

こちょう
誇張
義 誇大、誇張 ⇦ 名　　　　　●track 089

例 句

❀誇張して話す。

誇大其詞。

こつ
義 祕訣、竅門 ⇦ 名　　　　　●track 089

例 句

❀料理のこつ。

煮菜的竅門。

ことに
義 特別是 ⇦ 副　　　　　●track 089

例 句

❀この子はことに甘いものが好きだ。

這孩子特別愛吃甜食。

こぼす
義 灑、漏、掉、抱怨 ⇦ 動　　　　　●track 089

例 句

❀お茶をこぼす。

把茶灑了出來。

こ
凝る ● track 090
表 熱中、凝集、研究 ⇦動

例 句

❀ 占いに凝る。
熱中於算命。

こわ
壊す ● track 090
表 弄壞 ⇦動

例 句

❀ おもちゃを壊す。
弄壞玩具。

こんだて
献立 ● track 090
表 菜單 ⇦名

例 句

❀ 一週間の献立を作る。
列出一星期的菜單。

さ

さいはつ
再発　　　　　　　　　　　　　　● track 090
表 **復發**　⇦ 名

例 句

❀ 一年前の病気が再発した。

去年的病又復發了。

さいそく
催促　　　　　　　　　　　　　　● track 090
表 **催促**　⇦ 名

例 句

❀ 原稿を催促する。

催稿。

さ
裂く　　　　　　　　　　　　　　● track 090
表 **撕開、切開、分開、謄出**　⇦ 動

例 句

❀ 紙をずたずたに裂く。

把紙撕得粉碎。

さくげん
削減
表 縮減、減去　⇦名　● track 091

例 句

❀ 経費を削減する。
縮減經費。

さぐ
探る
表 摸、探聽、探訪　⇦動　● track 091

例 句

❀ ポケットを探る。
用手摸口袋。

さしず
指図
表 指示、命令　⇦名　● track 091

例 句

❀ 指図を受ける。
接受指示。

さっぱり
表 俐落、爽快、完全、絲毫　⇦副　● track 091

例 句

❀ 彼女はさっぱりした性格の人だ。
她是個乾脆的人。

さも
義 而且、但、卻 ⇦ 副 ● track 091

例 句

❀おいしくてさも栄養のある料理。

好吃又有營養的菜。

散髪
義 剪髪 ⇦ 名 ● track 091

例 句

❀散髪に行く。

去剪髪。

し

しいて
義 強迫、勉強 ⇐ 副
●track 092

例 句

❀ しいて言えば。

硬要說的話。

じかく
自覚
義 自知、覺悟、感覺 ⇐ 名
●track 092

例 句

❀ 自分の欠点を自覚する。

知道自己的缺點。

しくじる
義 失敗 ⇐ 動
●track 092

例 句

❀ 試験をしくじった。

考得不好。

した
慕う　　　　　　　　　　　　　●track 092
義 愛慕、懷念、敬仰、追隨　⇐動

例 句

❀ 彼女は学生たちに慕われている。
　　她很受學生敬愛。

したが
従う　　　　　　　　　　　　　●track 092
義 跟隨、遵從　⇐動

例 句

❀ 郷に入っては郷に従え。
　　入境隨俗。

じたい
辞退　　　　　　　　　　　　　●track 092
義 辭退　⇐名

例 句

❀ 出場を辞退する。
　　謝絕出場（的邀請）。

しとやか　　　　　　　　　　　●track 093
義 端莊、穩重　⇐形動

例 句

❀ しとやかな女性。
　　端莊的女性。

しなやか

表 柔美、優美、優柔　⇐形動

例 句

❀猫のしなやかな動き。

貓輕柔的動作。

シャープ
● track 093

表 鮮明、敏鋭　⇐名、形動

例 句

❀頭のシャープな男。

思緒清楚明快的男子。

斜面
● track 093

表 斜面、斜坡　⇐名

例 句

❀急斜面。

陡坡。

重症
● track 093

表 重病　⇐名

例 句

❀彼女は重症だ。

她得的是重病。

しゅうちゃく
執着
義 貪戀、固執 ⇦名

● track 093

例 句

❀ 金に執着する。

　貪戀金錢。

しゅうじつ
終日
義 整天 ⇦副

● track 094

例 句

❀ 終日頭痛に悩む。

　整天為頭痛所苦。

しゅし
趣旨
義 宗旨 ⇦名

● track 094

例 句

❀ お話の趣旨はよくわからない。

　不懂這話的重點是什麼。

じゅうなん
柔軟
義 柔軟、靈活 ⇦形動

● track 094

例 句

❀ 柔軟な考え方。

　靈活的思考方式。

しゅしょう
首相
表 首相 ⇦ 名

● track 094

例 句

❀次期首相候補として有力である。

是下屆首相候選人的熱門人選。

しゅどう
主導
表 主導 ⇦ 名

● track 094

例 句

❀会議を主導する。

主導會議。

しょうごう
照合
表 對照、核對 ⇦ 名

● track 094

例 句

❀指紋を照合する。

比對指紋。

しょうしん
昇進
表 升職 ⇦ 名

● track 095

例 句

❀課長に昇進する。

升為課長。

じょうひん
上品
表 高雅、高級品　⇐ 名、形動　　　　　● track 095

例 句

❀ 彼女は言葉使いが上品だ。

她講話很文雅。

じょうほ
譲歩
表 讓步　⇐ 名　　　　　　　　　　　● track 095

例 句

❀ 互いに譲歩する。

彼此各退一步。

しょうらい
将来
表 將來、未來　⇐ 名、副　　　　　　● track 095

例 句

❀ 将来きっと後悔するだろう。

將來一定會後悔。

しょち
処置
表 處理　⇐ 名　　　　　　　　　　　● track 095

例 句

❀ 適切に処置する。

妥善處理。

ショック ●track 095
_義打擊、衝擊 ⇐名

例句

✿ショックで口もきけない。
　因為受到打擊而說不出話。

真珠（しんじゅ） ●track 096
_義珍珠 ⇐名

例句

✿豚（ぶた）に真珠（しんじゅ）。
　對牛彈琴。（俚語）

人材（じんざい） ●track 096
_義人材 ⇐名

例句

✿人材（じんざい）を発掘（はっくつ）する。
　發掘人材。

親善（しんぜん） ●track 096
_義親善、友好 ⇐名

例句

✿両国（りょうこく）の親善（しんぜん）を深（ふか）める。
　加強兩國友好。

しんてい
進呈
表 贈送 ←名
●track 096

例 句

❀ 新しい著作を進呈する。

送上新的作品。

しんみつ
親密
表 親密 ←名、形動
●track 096

例 句

❀ 親密な間柄。

親密的關係。

す

すく
救い ● track 097
義 救贖、搭救、挽救 ←名

例 句

❀救いを求める。

　求救。

すこ
健やか ● track 097
義 健壯、健康、健全 ←形動

例 句

❀子どもが健やかに育つ。

　孩子健康地成長。

ストレス ● track 097
義 壓力 ←名

例 句

❀ストレスを解消する。

　消除壓力。

すばしこい ● track 097
義 敏捷 ←形

例 句

❀身のこなしがすばしこい。

　動作敏捷。

澄^すむ
●track 097

義 清澈、清靜、清晰 ⇐動

例 句

❀水^{みず}が澄^すんでいる。

水很澄淨。

ずらりと
●track 097

義 成排的 ⇐副

例 句

❀ずらりと並^{なら}べる。

擺成一排。

鋭^{するど}い
●track 098

義 鋭利、敏鋭、尖鋭 ⇐形

例 句

❀彼^{かれ}は頭^{あたま}が鋭^{するど}い。

他的頭腦很敏鋭。

スリル
●track 098

義 驚險、緊張 ⇐名

例 句

❀スリル満点^{まんてん}。

緊張恐怖至極。

せ

生気　● track 098
義 生機、活力　⇦名

例 句

❀生気に満ちた絵。

生氣蓬勃的畫。

せい
制する　● track 098
義 壓抑、控制　⇦動

例 句

❀先んずれば人を制する。

先下手為強。

せいは
制覇　● track 098
義 稱霸、優勝　⇦名

例 句

❀全国大会を制覇する。

在全國大會奪冠。

整理 せいり
表 整理 ⇐ 名

● track 099

例 句

❀引き出しを整理する。

　整理抽屜。

せかす
表 催促 ⇐ 動

● track 099

例 句

❀何度もせかす。

　再三催促。

切実 せつじつ
表 迫切 ⇐ 形動

● track 099

例 句

❀切実な問題。

　迫切的問題。

設立 せつりつ
表 設立 ⇐ 名

● track 099

例 句

❀会社を設立する。

　設立公司。

せっしゅ
摂取
義 攝取 ⇐ 名

● track 099

例 句

❀ 栄養のあるものを摂取する。

攝取有營養的食物。

せんこう
選考
義 選拔 ⇐ 名

● track 099

例 句

❀ 優秀作品を選考する。

選拔優秀的作品。

そ

そうだい
壮大 ●track 100
義 宏大 ⇐ 名、形動

㋑㋗

❀ 壮大な構想。

宏大的構想。

そ
添える ●track 100
義 附上、配 ⇐ 動

㋑㋗

❀ 贈り物にカードを添える。

在禮物上附上一張卡片。

そくざ
即座に ●track 100
義 立刻 ⇐ 副

㋑㋗

❀ 即座に返答する。

馬上回應。

訴訟（そしょう）
義 官司　⇦名

例句

❀ 訴訟（そしょう）を起（お）こす。
　　提起訴訟。

背く（そむく）
義 不服、違背　⇦動

例句

❀ 親（おや）の意見（いけん）に背（そむ）く。
　　違背父母的話。

逸らす（そらす）
義 轉移　⇦動

例句

❀ 話（はなし）を逸（そ）らす。
　　轉移話題。

● track 100

● track 100

● track 100

た

● track 101

高(たか)める
（表）提升、抬高　⇐動

例 句

❀製品(せいひん)の質(しつ)を高(たか)める。

　提高產品的品質。

● track 101

打開(だかい)
（表）打開、解決　⇐動

例 句

❀膠着状態(こうちゃくじょうたい)を打開(だかい)する。

　解決膠著的情況。

● track 101

巧(たく)み
（表）技巧、精巧　⇐名、形動

例 句

❀巧(たく)みに言(い)い逃(のが)れをする。

　巧妙地搪塞。

たくましい ●track 101
表 健壯、堅強 ⇐形

例 句

❀たくましい若者。
　健壯的年輕人。

助け ●track 101
表 幫助、救助 ⇐名

例 句

❀助けを呼ぶ。
　呼救。

畳む ●track 101
表 疊、合上、關閉 ⇐動

例 句

❀布団を畳む。
　疊被子。

漂う ●track 102
表 漂、洋溢 ⇐動

例 句

❀哀愁が漂う。
　充満著哀愁。

たね
種
義 種子、根源　⇦名　　　　　　　　　　　●track 102

例 句

❀ 不和の種を蒔く。

　　種下不和的種子(原因)。

たんいつ
単一
義 單一　⇦名、形動　　　　　　　　　　●track 102

例 句

❀ 単一な物質からなる。

　　由單一物質組成。

ち

ちゅうい
注意
●track 102
表警告、提醒　⇦名

例 句

❀健康に注意する。
けんこう　　ちゅうい

　提醒對方注重健康。

ちゅうこく
忠告
●track 102
表忠告　⇦名

例 句

❀友人として忠告する。
ゆうじん　　　　ちゅうこく

　以朋友的身份提出忠告。

ちゅうじつ
忠実
●track 102
表忠實、如實　⇦名、形動

例 句

❀職務に忠実な人。
しょくむ　ちゅうじつ　ひと

　盡忠職守的人。

ちゅうしょう
中傷
表 毀謗 ⇔名
● track 103

㊟㋹ 例句

❀ <ruby>中傷<rt>ちゅうしょう</rt></ruby>によって<ruby>失脚<rt>しっきゃく</rt></ruby>する。

因別人的中傷而失勢。

ちゅうどく
中毒
表 中毒 ⇔名
● track 103

㊟㋹ 例句

❀ ガス<ruby>中毒<rt>ちゅうどく</rt></ruby>で<ruby>死<rt>し</rt></ruby>ぬ。

因瓦斯中毒而亡。

ちょっかん
直感
表 直覺 ⇔名
● track 103

㊟㋹ 例句

❀ <ruby>直感<rt>ちょっかん</rt></ruby>で<ruby>答<rt>こた</rt></ruby>える。

憑直覺回答。

つ

文法篇

月並み (つきなみ)
(義) 逐月、按月、平凡 ⇐ 名、形動 ●track 103

(例)(句)

❀ 月並みの行事。(つきなみ・ぎょうじ)

　　每個月的例行活動。

つくづく #
(義) 仔細、深切 ⇐ 副 ●track 103

(例)(句)

❀ つくづく考える。(かんが)

　　深思熟慮。

努める (つとめる)
(義) 努力、盡力 ⇐ 動 ●track 103

(例)(句)

❀ 目標を達成しようと努める。(もくひょう・たっせい・つと)

　　為達成目標而努力。

つつし
慎む　　　　　　　　　　　　　●track 104
表謹慎、節制　⇦動

例 句

❀言行を慎む。
げんこう　つつし

謹言慎行。

つな
綱　　　　　　　　　　　　　　●track 104
表繩索、命脈、依靠　⇦名

例 句

❀命の綱。
いのち　つな

命脈。／極為重要的東西。

つな
繋がる　　　　　　　　　　　　●track 104
表連接、排列、牽連　⇦動

例 句

❀電車が7両繋がっている。
でんしゃ　　りょうつな

7節火車車廂連在一起。

つの
募る　　　　　　　　　　　　　●track 104
表愈來愈強烈、招募　⇦動

例 句

❀風が吹き募る。
かぜ　ふ　つの

風勢愈來愈強。

つぶやく
表 發牢騷、小聲嘟嚷　⇐動　● track 104

例 句

❀一人（ひとり）でつぶやいている。

　一個人嘟嘟囔囔地念著。

連（つら）なる
表 成排、綿延　⇐動　● track 104

例 句

❀山脈（さんみゃく）が東西（とうざい）に連（つら）なる。

　山脈東西向綿延。

て

ていたく
邸宅
義 宅邸　⇦ 名　　　　　　　　　　● track 105

例 句

❀ごうそうな邸宅を構える。

　坐擁豪宅。

てうす
手薄
義 人手少、不足　⇦ 名、形動　　　● track 105

例 句

❀手薄な警備陣。

　人手不足的警力。

データ
義 資料　⇦ 名　　　　　　　　　　● track 105

例 句

❀データを集める。

　收集資料。

ておく
手遅れ
義 為時已晚　⇦ 名　　　　　　　　● track 105

例 句

❀病気が手遅れになる。

　病入膏肓。

てがる
手軽
義 簡單、輕易 ⇦ 名、形動

●track 105

例 句

❀ て が る
手軽な方法。
簡便的方法。

てきおう
適応
義 適應、順應 ⇦ 名

●track 105

例 句

❀ じょうきょう　てきおう
状況に適応する。
順應狀況。

てきせつ
適切
義 恰當、適當 ⇦ 名、形動

●track 106

例 句

❀ てきせつ　ひょうげん
適切に表現する。
表現得恰如其份。

てぎわ
手際
義 技巧、順序、本領 ⇦ 名、形動

●track 106

例 句

❀ てぎわ
手際よくまとめる。
很有技巧地統整好。

デザート ●track 106
表甜點 ⇦名

例 句

❀デザートを買う。

買甜點。

手順（てじゅん） ●track 106
表順序、程序 ⇦名

例 句

❀手順（てじゅん）を定（さだ）める。

定下程序。

手ごろ（て） ●track 106
表恰當、適當、合用 ⇦名、形動

例 句

❀手ごろな値段（ねだん）。

合理的價格。(負擔得起的價格)

てんで ●track 106
表根本、絲毫 ⇦副

例 句

❀てんで役（えき）に立（た）たない。

一點用都沒有。

と

当 ●track 107
義 本、這個 ⇐接頭

例 句

✿ 当店のお薦め商品。

本店推薦的產品。

同意 ●track 107
義 同意 ⇐名

例 句

✿ 相手の意見に同意する。

同意對方的看法。

統合 ●track 107
義 合併、統整、綜合 ⇐名

例 句

✿ 一つに統合する。

合併成一個。

とうてい
到底
義 無論如何也、怎麼也　⇐副　● track 107

例 句

❀到底成功しない。
とうていせいこう

　無論如何也不會成功。

どうよう
童謡
義 兒歌　⇐名　● track 107

例 句

❀童謡を歌う。
どうよう　うた

　唱兒歌。

どうよう
動揺
義 顛簸、不安、動搖　⇐名　● track 107

例 句

❀その知らせに彼女の心は動揺した。
　　　し　かのじょ　こころ　どうよう

　那個通知讓她感到不安。

とくぎ
特技
義 拿手技能　⇐名　● track 108

例 句

❀特技を披露する。
とくぎ　ひろう

　表演拿手技能。

研<ruby>ぐ<rt>と</rt></ruby>

（義）磨、淘　⇦動　●track 108

（例）（句）

❀<ruby>米<rt>こめ</rt></ruby>を<ruby>研<rt>と</rt></ruby>ぐ。

淘米。

<ruby>途<rt>と</rt></ruby><ruby>絶<rt>だ</rt></ruby>える

（義）斷絕、中斷　⇦動　●track 108

（例）（句）

❀<ruby>吹雪<rt>ふぶき</rt></ruby>で<ruby>交通<rt>こうつう</rt></ruby>が<ruby>途絶<rt>とだ</rt></ruby>えた。

因暴風雪造成交通中斷。

<ruby>突如<rt>とつじょ</rt></ruby>

（義）突然　⇦副　●track 108

（例）（句）

❀<ruby>突如<rt>とつじょ</rt></ruby>として<ruby>出現<rt>しゅつげん</rt></ruby>する。

突然出現。

<ruby>整<rt>ととの</rt></ruby>える

（義）整理、調整、準備好　⇦動　●track 108

（例）（句）

❀<ruby>服装<rt>ふくそう</rt></ruby>を<ruby>整<rt>ととの</rt></ruby>える。

裝理好儀容。

とりわけ

�義 特別、尤其 ⇦ 副 ● track 108

例 句

✿ とりわけ今日は涼しい。

今天天氣特別涼。

努力（どりょく）

�義 努力 ⇦ 名 ● track 109

例 句

✿ 目標に向かって努力する。

朝目標努力。

問屋（とんや）

�義 批發商 ⇦ 名 ● track 109

例 句

✿ 問屋から品物を仕入れる。

從批發商進貨。

な

苗 <small>なえ</small>　　　　　　　　　　　　● track 109
表 幼苗　⇦名

例 句

❀ 野菜の苗。<small>やさい／なえ</small>

　菜苗。

眺める <small>なが</small>　　　　　　　　　　　● track 109
表 眺望、凝視　⇦動

例 句

❀ 景色を眺める。<small>けしき／なが</small>

　眺望景色。

流れる <small>なが</small>　　　　　　　　　　　● track 109
表 流、移動　⇦動

例 句

❀ 涙が流れる。<small>なみだ／なが</small>

　流涙。

名残 <small>なごり</small>　　　　　　　　　　● track 110
表 惜別、遺跡、殘餘　⇦名

例 句

❀ 名残を惜しむ。<small>なごり／お</small>

　戀戀不捨。

馴染む ●track 110
義熟悉、融入 ⇦動

例 句

❀新しい環境にすぐ馴染む。

很快就融入新環境。

名高い ●track 110
義有名、著名 ⇦形

例 句

❀メロンの産地として名高い。

以產哈密瓜聞名。

生ぬるい ●track 110
義微溫、馬虎 ⇦形

例 句

❀生ぬるい水。

微溫的水。

舐める ●track 110
義舔、經歷、輕視 ⇦動

例 句

❀あめを舐める。

舔糖果。

❀相手を舐めてかかる。

輕視對方。

に

似合う（にあう）　●track 111

義 相配、適合　⇔動

例 句

❀この洋服（ようふく）はあなたによく似合（にあ）う。

這件衣服很適合你。

逃げ足（にげあし）　●track 111

義 逃跑　⇔名

例 句

❀逃（に）げ足（あし）が速（はや）い。

逃得很快。

逃げ場（にげば）　●track 111

義 逃避的地方　⇔名

例 句

❀逃（に）げ場（ば）がない。

無處容身。／無處可逃避。

にこにこ ● track 111

義笑盈盈 ⇦副

例 句

❀逆境に直面しても彼女はにこにこしている。

　就算面對困境，她仍是微笑以對。

❀彼はにこにこしながら私の背中を軽くたたいた。

　他微笑著輕拍我的背。

にこやか ● track 111

義笑容滿面 ⇦形動

例 句

❀にこやかな顔つき。

　堆滿笑容的表情。

ぬ

抜かす
⇦動

義 遺漏、超過、掉落

例 句

❀ 大事なところを抜かした。

漏了重要的地方。

❀ 車を2台抜かした。

超了兩台車。

温もり

義 溫暖　⇦名

● track 112

例 句

❀ 太陽の温もり。

太陽的溫暖。

抜け出す

義 開溜、領先　⇦動

● track 112

例 句

❀ 教室を抜け出す。

從教室裡溜出去。

ぬるぬる
義 黏滑地 ⇦ 副 ● track 112

例 句

❀ 表面がぬるぬるしている。

表面黏黏滑滑的。

ね

根 ^ね
● track 113

義 根、根源、本性 ⇦名

例 句

❀ 根を張る。

　根深蒂固。

❀ 今回の事件は根が深い。

　這次的事件盤根錯節很複雜。

熱中 ^{ねっちゅう}
● track 113

義 熱衷、入迷、專心 ⇦名

例 句

❀ ゲームに熱中している。

　熱衷玩電腦遊戲。

念願 ^{ねんがん}
● track 113

義 心願、盼望 ⇦名

例 句

❀ 成功を念願していた。

　盼望能成功。

ねむけ
眠気 ● track 113
義 睡意 ⇦ 名

例 句

✽ 眠気を催す。

睡意襲來。

GOOD IDEA

の

のぞ
望む
●track 114

義 希望、眺望　⇦動

例句

❀遥かに富士山を望む。

遙望富士山。

❀幸福を望む。

期待能得到幸福。

のの
罵る
●track 114

義 辱罵　⇦動

例句

❀人を口汚く罵る。

罵人罵得很難聽。

文法篇
單字篇
單字比較篇
同音單字篇

は

把握 はあく
表 理解、掌握　⇦名　●track 114

例 句

❀情勢を把握する。 じょうせい はあく

掌握情勢。

捗る はかど
表 進展　⇦動　●track 114

例 句

❀仕事は捗っています。 しごと はかど

工作進展得很順利。

破棄 はき
表 廢棄、取消　⇦名　●track 114

例 句

❀契約を破棄する。 けいやく はき

廢棄合約。

弾く はじ
表 彈、打、防、抗　⇦動　●track 115

例 句

❀弦を弾く。 つる はじ

撥弦。

❀そろばんを弾く。

　　打算盤。

❀油は水を弾く。

　　油與水不相溶。

華々しい
表 華麗、壯烈　⇦形

●track 115

例 句

❀華々しく登場した。

　　華麗登場。

❀華々しい活躍ぶり。

　　大顯身手。

浜辺
表 海邊、湖邊　⇦名

●track 115

例 句

❀浜辺を散歩する。

　　在湖(海)邊散步。

生やす
表 生長　⇦動

●track 115

例 句

❀雑草を生やさないようにしてください。

　　請別讓雜草叢生。

張_はり合_あう ●track 115
義 競爭 ⇐動

例 句

❀互_{たが}いに張_はり合_あっている。

彼此競爭。

繁盛_{はんじょう} ●track 116
義 興旺、興隆 ⇐名、形動

例 句

❀商売繁盛_{しょうばいはんじょう}。

生意興隆。

❀店_{みせ}が繁盛_{はんじょう}する。

店的生意很好。

反応_{はんのう} ●track 116
義 反應 ⇐名

例 句

❀相手_{あいて}の反応_{はんのう}を見_みる。

觀察對方的反應。

ひ

引きずる ● track 116
義 拖、強行拉　⇦動

例 句

❀裾を引きずって歩く。

　垂著衣襬行走。

一息 ● track 116
義 喘口氣、一口氣、差一步　⇦名

例 句

❀一息入れる。

　休息一下喘口氣。

❀一息に飲み干す。

　一口氣喝完。

❀もう一息だ。

　還差一步就完成了。／再加把勁。

人柄 ● track 117
義 人品　⇦名、形動

例 句

❀人柄がいい。

　人品很好。

【義】人質 ⇦ 名
ひとじち
人質　● track 117

例 句

❀人質を救出する。
　ひとじち きゅうしゅつ

　救出人質。

ひ　　か
引っ掛ける　● track 117
【義】掛、披上、勾引 ⇦ 動

例 句

❀コートを壁のフックに引っ掛けておく。
　　　　　かべ　　　　　　ひ　か

　把外套掛在牆壁的鉤子上。

❀コートを引っ掛ける。
　　　　　ひ　か

　披上外套。

❀男を引っ掛ける。
　おとこ　ひ　か

　勾引男人。

ひんしゅ
品種　● track 117
【義】種類 ⇦ 名

例 句

❀豊富な品種。
　ほうふ　ひんしゅ

　種類豐富。

貧弱
ひんじゃく

表 體弱、貧乏　⇦ 名、形動 ● track 117

例 句

❀ 貧弱な体格。
ひんじゃく　たいかく

瘦弱的體態。

❀ この映画の内容は貧弱だ。
えいが　ないよう　ひんじゃく

這部電影的內容很貧乏。

敏捷
びんしょう

表 敏捷　⇦ 名、形動 ● track 118

例 句

❀ 敏捷な動作。
びんしょう　どうさ

靈敏的動作。

❀ 敏捷に乗り移る。
びんしょう　の　うつ

敏捷地換乘。

ふ

フォーム ●track 118
義 型式、姿勢 ⇦名

例 句

❀投球フォームがいい。

投球姿勢很好。

フォロー ●track 118
義 追蹤、幫助 ⇦名

例 句

❀事件の顛末をフォローする。

追蹤事情的始末。

❀新入社員の業務をフォローする。

協助新人處理業務。

深まる ●track 119
義 加深、變深 ⇦動

例 句

❀愛情が深まる。

愛情加深。

❀秋が深まる。

秋意更濃。

#
ぶかぶか
表 肥大、寬鬆、(聲響)答答答地 ⇦形動、副

● track 119

例 句

✿このシャツはぶかぶかだ。

這件襯衫太大了。

✿ぶかぶかとラッパを吹く。

滴滴答答地吹喇叭。

塞_{ふさ}ぐ
表 塞、堵 ⇦動

● track 119

例 句

✿布_{ぬの}でパイプの穴_{あな}を塞_{ふさ}ぐ。

用布把管子塞住。

✿うるさくて手_てで耳_{みみ}を塞_{ふさ}いだ。

因為太吵了所以搗住耳朵。

不十分_{ふじゅうぶん}
表 不足 ⇦名、形動

● track 119

例 句

✿不十分_{ふじゅうぶん}な証拠_{しょうこ}。

不足的證據。

✿準備_{じゅんび}が不十分_{ふじゅうぶん}だ。

準備不足。

ふじゅん
不順
義 不順 ⇦ 名、形動
● track 119

例 句

❀ 不順な天気。
氣候不佳。

ぶじょく
侮辱
義 侮辱 ⇦ 名
● track 119

例 句

❀ 他人を侮辱する。
侮辱別人。

ふにん
赴任
義 赴任 ⇦ 名
● track 120

例 句

❀ 大阪に赴任する。
至大阪赴任。

ふはい
腐敗
義 腐敗 ⇦ 名
● track 120

例 句

❀ 政治の腐敗を嘆く。
感嘆政治腐敗。

不平等（ふびょうどう）

義 不公平 ⇐ 名、形動

● track 120

例 句

❀ 不平等（ふびょうどう）な取（と）り扱（あつか）い。

不公平的待遇。

不平（ふへい）

義 不滿意、牢騷 ⇐ 名、形動

● track 120

例 句

❀ 不平（ふへい）をこぼす。

發牢騷。

❀ 不平（ふへい）の声（こえ）が高（たか）まる。

不滿的聲浪高漲。

不満（ふまん）

義 不滿 ⇐ 名、形動

● track 120

例 句

❀ 不満（ふまん）が爆発（ばくはつ）する。

將不滿表現出來。

ふらふら
表 搖搖晃晃　⇐ 副

● track 120

(例)(句)

❀ 熱があるのかふらふらする。

　　可能因為發燒了所以腳步不穩。

触れる

表 接觸、提到　⇐ 動

● track 121

(例)(句)

❀ この点についても少し触れておきます。

　　關於這點也稍微提一下。

❀ 手で軽く触れる。

　　用手輕輕碰。

付録

表 付録　⇐ 名

● track 121

(例)(句)

❀ 巻末に付録をつける。

　　在書末附上附錄。

へ

閉鎖（へいさ）

義 封閉　⇐名

●track 121

⊛例句

⊛門（もん）を閉鎖（へいさ）する。
　把門關閉。

ぺこぺこ

義 空、餓　⇐副

●track 121

⊛例句

⊛ボールがぺこぺこにへこむ。
　球面陷下去。(沒氣了)

⊛おなかがペコペコだ。
　肚子餓了。(小朋友用語)

隔たり（へだ）

義 隔閡、間隔　⇐名

●track 121

⊛例句

⊛夫婦（ふうふ）の間（あいだ）に隔（へだ）たりができる。
　夫婦間有了隔閡。

隔てる（へだ）

義 隔開、相隔　⇐動

●track 122

⑩ ㊊

❀彼女とテーブルを隔てて立つ。

　和女朋友隔著桌子相對站著。

 # へりくだる
義謙遜　⇦動　　　　　　　　　　●track 122

---

⑩ ㊊

❀彼はいつもへりくだって話しをする。

　他一向都謙遜地說話。

便宜（べんぎ）
義方便、權宜　⇦名、形動　　　　　●track 122

---

⑩ ㊊

❀便宜を与える。

　給人方便。

❀便宜上これで間に合わせよう。

　權宜之計就先用這個湊合著。

変形（へんけい）
義變形　⇦名　　　　　　　　　　●track 122

---

⑩ ㊊

❀温度によって変形する。

　因溫度而變形。

ほ

ボイコット ●track 123
表 抵制、杯葛 ⇐ 名

例 句

❀ 投票をボイコットする。

不参加投票。／杯葛投票。

飽和 ●track 123
表 飽和 ⇐ 名

例 句

❀ 人口は飽和状態に達している。

人口達飽和狀態。

朗らか ●track 123
表 開朗 ⇐ 形動

例 句

❀ 朗らかに毎日を過ごす。

開朗地過每一天。

ほじゅう
補充
^表補充 ⇦ 名 ● track 123

例 句

❀ 人員を補充する。
じんいん ほじゅう

補充人手。

ほしゅう
募集
^表招募 ⇦ 名 ● track 123

例 句

❀ 会員を募集する。
かいいん ぼしゅう

招募會員。

ほ ち
墓地
^表墓地 ⇦ 名 ● track 123

例 句

❀ 遺骨を墓地に埋葬する。
いこつ ぼ ち まいそう

將遺骨埋在墓地。

ぼつぼつ
^表漸漸 ⇦ 副 ● track 124

例 句

❀ ぼつぼつ始める。
はじ

慢慢開始。

滅ぶ
（ほろ）

（表）滅亡　⇐動　　　　　　　　●track 124

例句

❀マンモスは氷河期に滅んだ。
　（ひょうがき）（ほろ）

　長毛象是在冰河期滅絕的。

本音
（ほんね）

（表）真心話　⇐名　　　　　　　●track 124

例句

❀本音を漏らす。
　（ほんね）（も）

　不小心說出真心話。

本場
（ほんば）

（表）原產、發源地　⇐名　　　　●track 124

例句

❀これは本場の台湾料理。
　　　　（ほんば）（たいわんりょうり）

　這是道地的台灣菜。

ま

まかな
賄う ● track 125
義 供給、供餐、維持 ⇐動

例 句

❀家賃は会社から賄われる。

房租由公司支付。

❀寮の食事を賄う。

提供宿舍的伙食。

❀少ない経費で賄う。

用微薄的經費維持。

まぎ
紛らわしい ● track 125
義 容易混淆 ⇐形

例 句

❀このロゴは他社のと紛らわしい。

這個商標與其他公司的容易混淆。

まごまご ● track 125
義 慌張失措 ⇐副

例 句

❀出口が分からず、まごまごする。

不知道出口在哪,所以很慌張。

招く
表 招致、招待　⇐**動**
● track 125

⑲ ⑪

❀披露宴に客を招く。

　請客人參加婚宴。

❀怒りを招く。

　惹人生氣。

迷う
表 迷失、猶豫　⇐**動**
● track 125

⑲ ⑪

❀方向に迷う。

　迷失方向。

❀判断に迷う。

　猶豫不決。

まるまる
表 整個、整整、胖嘟嘟　⇐**副**
● track 126

⑲ ⑪

❀丸々一ヶ月間の休み

　整整一個月的休假。

❀丸々とした体つき。

　圓滾滾胖胖的身材。

み

見下ろす (みおろす)
義 俯瞰、瞧不起人　⇦ 動　　　● track 126

例 句

❀ 山頂から見下ろす。

　　從山頂向下俯瞰。

❀ 人を見下ろす。

　　瞧不起人。

磨く (みがく)
義 擦、鍛煉　⇦ 動　　　● track 126

例 句

❀ 靴を磨く。

　　擦鞋子。

❀ 技を磨く。

　　磨練技巧。

見苦しい (みぐるしい)
義 難看、丟臉　⇦ 形　　　● track 127

例 句

❀ 見苦しい負け方をしてしまった。

　　輸得很慘。

見込み （みこみ）
表 希望、可能性、預估　⇦名　●track 127

例句

✿ 見込みのある人。
有前途的人。

✿ 見込みが立たない。
無法預估。

見事 （みごと）
表 精彩、完全、漂亮　⇦形、副　●track 127

例句

✿ 見事な腕前を披露した。
展現精彩技藝。

✿ 予想が見事に的中した。
預測完全正確。

✿ ものの見事に落第する。
徹底輸了。(反諷；「輸得很慘」之意)

見積もる （みつもる）
表 預估、估價　⇦動　●track 127

例句

✿ 工事費を見積もる。
預估施工費用。

みっしゅう
密集　←名
義 密集　　　　　　　　　　●track 127

例 句

❀ 住宅が密集する。

　住宅很密集。

みっせつ
密接　←名、形動
義 緊密　　　　　　　　　　●track 128

例 句

❀ 隣家の塀に密接する。

　和隔壁家的圍牆緊鄰。

❀ 両者は密接な関係にある。

　兩者有緊密的關係。

みれん
未練　←名、形動
義 依戀　　　　　　　　　　●track 128

例 句

❀ 未練を残す。

　留戀。

む

無気力_{むきりょく}
㊥ 沒精神　⇐名、形動　● track 128

㊀句

❀無気力_{むきりょく}から立_だち直_{なお}る。
　　從無精打采中重新振作。

❀無気力_{むきりょく}な負_まけ方_{かた}。
　　沒有氣魄的輸法。

報いる_{むく}
㊥ 報答、回報　⇐動　● track 128

㊀句

❀恩_{おん}をあだで報_{むく}いる。
　　恩將仇報。

浮腫み_{むくみ}
㊥ 浮腫　⇐名　● track 128

㊀句

❀足_{あし}に浮腫_{むく}みがきている。
　　腳浮腫。

むざい
無罪　　　　　　　　　● track 129
義 無罪　⇐ 名

例 句

❀ 無罪の判決を受ける。
被判無罪。

むじつ
無実　　　　　　　　　● track 129
義 虚構非事實、冤枉　⇐ 名

例 句

❀ 無実を訴える。
聲稱無罪。

め

めいはく
明白
● track 129
義 明白、明顯 ⇐ 名、形動

例 句

❀ 明白な事実だ。
めいはく じじつ

明顯的事實。

めぐ
巡る
● track 129
義 循環、巡遊、繞行 ⇐ 動

例 句

❀ 季節が巡る。
きせつ めぐ

季節更迭。

❀ 世界を巡る。
せかい めぐ

環遊世界。

めんみつ
綿密
● track 129
義 周密 ⇐ 名、形動

例 句

❀ 綿密な計画を立てる。
めんみつ けいかく た

訂下周密的計畫。

メンツ ●track 130
義 面子、體面 ⇐ 名

例 句

❀ メンツを立てる。

給面子。

❀ メンツがつぶれる。

沒面子。

も

もう
儲ける　　　　　　　　　　　　　　●track 130
表 賺錢、發財、佔便宜　⇦動

例 句

❀株で儲ける。
　用股票賺錢。

もてる　　　　　　　　　　　　　　●track 130
表 具有、受歡迎　⇦動

例 句

❀やっと宝石をもてた。
　終於擁有寶石。

❀女性にもてる。
　受女性歡迎。

もっか
目下　　　　　　　　　　　　　　　●track 130
表 現在　⇦名

例 句

❀目下のところ不明。
　目前情況不明。

ものたりない ●track 131
義 不足、不夠充分　⇦形

例 句

❁ものたりない説明。

不夠充分的說明。

催す ●track 131
義 舉辦、感覺　⇦動

例 句

❁送別会を催す。

舉辦送別會。

❁吐き気を催す。

覺得想吐。

や

_{やしん}
野心

●track 131

 野心 ⇦名

例 句

❀野心に駆られる。

　受野心驅使。

_{やっき}
躍起

●track 131

表 急躁、激動、拼命 ⇦名、形動

例 句

❀躍起になって否定する。

　極力否認。

ややこしい

●track 131

表 複雑、細瑣 ⇦形

例 句

❀ややこしい問題。

　複雜的問題。

文法篇

單字篇

單字比較篇 同音單字篇

やんわり
義 柔軟地、委婉地　⇐副

● track 132

例 句

❀ やんわりと手で触る。

用手輕碰。

❀ やんわりと断る。

委婉地拒絶。

ゆ

ゆううつ
憂鬱
表 憂鬱　⇐ 名、形動

●track 132

例 句

❀ 憂鬱な顔をする。

一臉憂鬱。

ゆうかん
勇敢
表 勇敢　⇐ 名、形動

●track 132

例 句

❀ 勇敢に突撃する。

勇敢衝鋒。

ゆうせい
優勢
表 優勢　⇐ 名、形動

●track 132

例 句

❀ 優勢を占める。

占優勢。

ゆうめい
有名
表 聞名　⇐ 名、形動

●track 133

例 句

❀ 有名になる。

變得出名。

夕闇（ゆうやみ）
義 黄昏、暮色 ⇐名
● track 133

例 句

❀夕闇が迫る。
快天黑了。

愉快（ゆかい）
義 愉快、暢快 ⇐名、形動
● track 133

例 句

❀愉快な一日を送る。
度過愉快的一天。

歪む（ゆが）
義 歪斜、不正 ⇐動
● track 133

例 句

❀映像が歪む。
影像扭曲。

❀心が歪んでいる。
心術不正。

豊か（ゆた）
義 富裕、豐富 ⇐形動
● track 133

例 句

❀豊かな才能。
豐富的才能。

ゆとり
義 寬裕　⇐名

● track 133

例 句

✿ ゆとりのある生活。

富裕的生活。

揺らぐ
義 搖動　⇐動

● track 134

例 句

✿ 風に揺らぐ。

被風吹得搖動。

緩やか
義 緩和、寬大、舒暢　⇐形動

● track 134

例 句

✿ 斜度が緩やか。

坡度很緩。

✿ 基準を緩やかにする。

把標準放寬

✿ 緩やかな気分。

舒暢的心情。

よ

擁護 (ようご)
●track 134
表 擁護、支持　⇦名

例 句

❀自由を擁護する。

擁護自由。

よほど
●track 134
表 相當、很　⇦副、形動

例 句

❀よほど自信があるのだろう。

想必是很有自信。

蘇る (よみがえる)
●track 134
表 復活、甦醒　⇦動

例 句

❀記憶が蘇る。

喚起了記憶。

ら

ライバル ● track 135
＃
表 競爭對手 ⇦名

例 句

✽あの二人は永遠のライバルだ。
那兩人是永遠的競爭對手。

落胆 ● track 135
らくたん
表 灰心、沮喪 ⇦名

例 句

✽試験に落ちて落胆する。
因考試失敗而沮喪。

乱暴 ● track 135
らんぼう
表 粗魯、蠻橫 ⇦名、形動

例 句

✽品物を乱暴に扱う。
對商品很粗魯的拿取。

り

リード　　　　　　　　　　　　　●track 135
義領先、帯領　⇦名

例句

❀5 対 3 でリードしている。

　以 5 比 3 領先。

両立_{りょうりつ}　　　　　　　　　　　●track 135
義並立、並存　⇦名

例句

❀仕事と家事を両立させる。

　同時兼顧工作和家事。

ルーズ　　　　　　　　　　　　　●track 135
義鬆懈、散漫　⇦形動

例句

❀時間にルーズである。

　不遵守時間。

れ

れきぜん
歴然
義 明顯、清楚 ⇐形動 ● track 136

例 句

❀歴然な証拠。

　證據確鑿。

れんけい
連携
義 合作 ⇐名 ● track 136

例 句

❀父母と教師の連携をみつにする。

　父母和教師密切合作。

れんたい
連帯
義 合作、連帯 ⇐名 ● track 136

例 句

❀連帯感を持っている。

　有著一種團結的連帶感。

❀連帯して債務を負う。

　連帶負起債務責任。

れんぱつ
連発
^表接連發生、接連發出　⇐名　● track 136

例 句

❀ギャグが連発した。

連續使出搞笑橋段。

ろ

朗報（ろうほう）
表 喜訊、好消息　⇦ 名　● track 137

例 句

❀ 朗報（ろうほう）を手（て）にする。

接到喜訊。

ろくに
表 很好地、滿意地　⇦ 形動　● track 137

例 句

❀ 最近（さいきん）は忙（いそが）しくてろくに休（やす）みも取（と）れない。

最近太忙了都沒辦法好好休息。

露骨（ろこつ）
表 坦率、毫不顧忌、赤裸裸　⇦ 名、形動　● track 137

例 句

❀ 露骨（ろこつ）な悪意（あくい）を示（しめ）す。

表現出明顯的惡意。

ロマンチック
表 浪漫的　⇦ 形動　● track 137

例 句

❀ ロマンチックな雰囲気（ふんいき）。

浪漫的氣氛。

論<ruby>ろん</ruby>ずる ●track 137

表 論述、爭辯、當作問題　⇦ 動

例 句

❀ 現代文学<ruby>げんだいぶんがく</ruby>について論<ruby>ろん</ruby>ずる。

　針對現代文學發表評論。

❀ 夜<ruby>よる</ruby>を徹<ruby>てっ</ruby>して論<ruby>ろん</ruby>ずる。

　徹夜爭辯。

わ

わざわざ ● track 138
義 特地、故意　⇐副

例 句

❀ わざわざ駅まで送りに行く。

特別送到車站。

煩わしい ● track 138
義 麻煩、瑣碎　⇐形

例 句

❀ 煩わしい手続き。

麻煩的手續。

割り込む ● track 138
義 擠進、插入　⇐動

例 句

❀ 話に割り込む。

插話。

單字比較篇

うっかり、ぼんやり

うっかり
#
義 不留神、漫不經心　⇐副　　　　　　　● track 139

例 句

❀ うっかりして乗り越した。
　　不小心坐過站。

❀ うっかりミスした。
　　不小心犯了錯。

ぼんやり
#
義 不清楚、發呆、恍惚　⇐副　　　　　　● track 139

例 句

❀ 記憶がぼんやりとしている。
　　記不清楚。

❀ 月がぼんやりと見える。
　　隱約可看見月亮。

❀ 頭がぼんやりとして、物事に集中できません。
　　頭腦恍惚，無法集中。

にこにこ、にやにや

にこにこ ● track 140

義 笑盈盈 ←副

例 句

❀ 逆境に直面しても彼女はにこにこしている。

就算面對困境，她仍是微笑以對。

❀ 彼はにこにこしながら私の背中を軽くたたいた。

他微笑著輕拍了我的背。

にやにや ● track 140

義 默默地笑、奸笑 ←副

例 句

❀ クラスの男子がにやにやしてこっちを見ている。

班上的男生看著這邊奸笑。

❀ まんまと大金を手に入れてにんまりする。

得到大筆金錢忍不住偷笑。

（にんまり＝にやにや）

❀ 母は朝から意味ありげににやにやしている。

媽媽從早上就好像有什麼事般帶著笑容。

❀ 何をにやにやしてるんだ。

你不出聲地在笑什麼。

❀ 思い出しては一人でにやにやしている。

想到了什麼事一個人不出聲地笑著。

くたくた、へとへと

くたくた ●track 141
表 筋疲力竭、累到無力 ⇦副

例句

❀ 仕事でくたくたになった。
　工作得筋疲力竭。

❀ さんざん歩かされてくたくたになる。
　走了很多路，累得無力。

へとへと ●track 141
表 累得無力、累得氣喘噓噓 ⇦副

例句

❀ 連日の残業でへとへとに疲れた。
　連日加班讓人累得喘不過氣。

❀ へとへとでもう歩けない。
　氣喘如牛再也走不動了。

正面、向かい

しょうめん　　　む

しょうめん
正面
義 正面、前方、當面、面對面　⇦ 名　　　●track 141

例 句

❀ 正面から出入りする。
しょうめん　　　　　で い

　從正面進出。

❀ 正面を向く。
しょうめん　　む

　面對正面。

む
向かい
義 對面、正對面　⇦ 名　　　　　　　●track 141

例 句

❀ 駅の向かいにあるカフェ。
えき　　　む

　在車站對面的咖啡廳。

❀ 友達は向かいの家に住んでいた。
ともだち　　む　　　いえ　す

　朋友住在對面。

<ruby>隣<rt>となり</rt></ruby>、<ruby>横<rt>よこ</rt></ruby>

<ruby>隣<rt>となり</rt></ruby>　●track 142

義(同等級並列)旁邊、隔壁　⇦名

例句

❀<ruby>隣<rt>となり</rt></ruby>に<ruby>住<rt>す</rt></ruby>んでいる<ruby>人<rt>ひと</rt></ruby>。

住在隔壁的人。

❀<ruby>中学校<rt>ちゅうがっこう</rt></ruby>で<ruby>同<rt>おな</rt></ruby>じクラスだった<ruby>友達<rt>ともだち</rt></ruby>が<ruby>隣<rt>となり</rt></ruby>に<ruby>座<rt>すわ</rt></ruby>っている。

以前高中的同學坐在我旁邊。

<ruby>横<rt>よこ</rt></ruby>　●track 142

義(附屬關係)旁邊　⇦名

例句

❀<ruby>美女<rt>びじょ</rt></ruby>の<ruby>横<rt>よこ</rt></ruby>にいる。

在美女旁邊。

❀<ruby>複合機<rt>ふくごうき</rt></ruby>をパソコンの<ruby>横<rt>よこ</rt></ruby>に<ruby>置<rt>お</rt></ruby>く。

把複合機放在電腦的旁邊。

階段、段階
かいだん　　　だんかい

かいだん
階段
表 樓梯　⇐名　　　　　　　　　　　● track 142

例 句

❀ 階段を上って３階へ行く
かいだん　のぼ　　　かい

上樓梯到３樓。

❀ 階段を踏み外す。
かいだん　ふ　はず

在爬樓梯時踩空。

だんかい
段階
表 階段　⇐名　　　　　　　　　　　● track 142

例 句

❀ 今の段階では何とも言えない。
いま　だんかい　　　なん　　　い

在現階段無話可說。

❀ 新段階に入る。
しんだんかい　はい

進入新階段。

評判、評価
ひょうばん　　ひょうか

ひょうばん
評判　　　　　　　　　　　　　　　　　　●track 143
義 評價、傳聞　⇐名、形動

例 句

❀あの人は評判がいい。
ひと　　ひょうばん

　那個人的評價很好。

❀あの店は評判が悪い。
みせ　ひょうばん　わる

　那家店的評價很差。

ひょうか
評価　　　　　　　　　　　　　　　　　　●track 143
義 評估、評價、好評　⇐名

例 句

❀この映画は評価できる。
えいが　ひょうか

　這部電影可以受到好評。

❀能力があるのに評価されなかった。
のうりょく　　　　　　　ひょうか

　有能力卻不受好評。

検討、反省
けんとう　はんせい

検討
けんとう

●track 143

表 討論　⇐名

例 句

❀ 予算を検討する。
よさん　　けんとう

　　討論預算。

❀ 検討を重ねる。
けんとう　　かさ

　　反覆討論。

反省
はんせい

●track 143

表 検討、反省　⇐名

例 句

❀ 一日の行動を反省してみる。
いちにち　こうどう　　はんせい

　　試著反省一天的行為看看。

❀ 過ちを素直に反省する。
あやま　　　すなお　　はんせい

　　誠實地反省錯誤。

謹慎、慎重
きんしん しんちょう

謹慎 きんしん
表 在家反省、小心　⇐ 名、形動　● track 144

例 句

❀ 酒をやめて謹慎する
さけ　　　　　きんしん

　　戒酒並深自反省。

❀ 謹慎の意を表す。
きんしん　い　あらわ

　　表示會小心謹慎。

慎重 しんちょう
表 慎重、小心　⇐ 名、形動　● track 144

例 句

❀ 慎重に検討を重ねる。
しんちょう　けんとう　かさ

　　慎重地反履討論。

❀ 慎重に対応する。
しんちょう　たいおう

　　小心對應。

結局、結末
けっきょく　けつまつ

結局
けっきょく
表 結果、最後 ⇐名、副
● track 144

例句

❀ あれこれやってみたが、結局だめだった
けっきょく
做了很多努力，結果還是不行。

❀ 頑張って走ったが、結局ビリだった。
がんば　　　はし　　　けっきょく
很努力地跑了，結果還是最後一名。

結末
けつまつ
表 結尾、結局 ⇐名
● track 144

例句

❀ 連載小説に結末をつける。
れんさいしょうせつ　けつまつ
寫連載小説的結局。

❀ 悲惨な結末。
ひさん　　けつまつ
悲慘的結局。

質問、詰問
しつもん　　きつもん

質問
しつもん
表 發問　⇦名　　　　　　　　　　　　●track 145

例 句

❀質問に答える。
　しつもん　こた
　回答問題。

❀先生に質問する。
　せんせい　しつもん
　向老師發問。

詰問
きつもん
表 質問　⇦名　　　　　　　　　　　　●track 145

例 句

❀延期の理由を詰問する。
　えんき　りゆう　きつもん
　質問延遲的理由。

❀「あんたは何者だ」と一人の男に詰問された。
　　　　　　なにもの　　　ひとり　おとこ　きつもん
　被一個男的質問「你是誰？」。

<ruby>趣味<rt>しゅみ</rt></ruby>、<ruby>興味<rt>きょうみ</rt></ruby>

<ruby>趣味<rt>しゅみ</rt></ruby>

● track 145

義 嗜好、愛好　⇦名

例 句

❀ <ruby>趣味<rt>しゅみ</rt></ruby>は<ruby>読書<rt>どくしょ</rt></ruby>です。

　　興趣是閱讀。

❀ <ruby>私<rt>わたし</rt></ruby>の<ruby>趣味<rt>しゅみ</rt></ruby>はピアノを<ruby>弾<rt>ひ</rt></ruby>くことです。

　　我的興趣是彈鋼琴。

<ruby>興味<rt>きょうみ</rt></ruby>

● track 145

義 興趣、興致　⇦名

例 句

❀ <ruby>興味<rt>きょうみ</rt></ruby>がわく。

　　產生興趣。

❀ <ruby>英語<rt>えいご</rt></ruby>に<ruby>興味<rt>きょうみ</rt></ruby>を<ruby>持<rt>も</rt></ruby>っている。

　　對英文很有興趣。

適当、適度
<ruby>適<rt>てき</rt></ruby><ruby>当<rt>とう</rt></ruby>、<ruby>適<rt>てき</rt></ruby><ruby>度<rt>ど</rt></ruby>

<ruby>適<rt>てきとう</rt></ruby>当

● track 146

表 適切、恰當、隨便、馬虎 ⇐ 名、形動

例 句

❀ この<ruby>仕事<rt>しごと</rt></ruby>に<ruby>適当<rt>てきとう</rt></ruby>な<ruby>人材<rt>じんざい</rt></ruby>。

　適合這個工作人材。

❀ <ruby>調味料<rt>ちょうみりょう</rt></ruby>を<ruby>適当<rt>てきとう</rt></ruby>に<ruby>加<rt>くわ</rt></ruby>える。

　隨便加調味料。

<ruby>適<rt>てきど</rt></ruby>度

● track 146

表 適量 ⇐ 名、形動

例 句

❀ <ruby>適度<rt>てきど</rt></ruby>な<ruby>運動<rt>うんどう</rt></ruby>でダイエットする。

　用適度的運動減肥。

❀ <ruby>人生<rt>じんせい</rt></ruby>には<ruby>適度<rt>てきど</rt></ruby>なストレスが<ruby>必要<rt>ひつよう</rt></ruby>です。

　人生需要適度的壓力。

反対、一方
<ruby>反<rt>はん</rt>対<rt>たい</rt></ruby>、<ruby>一<rt>いっ</rt>方<rt>ぽう</rt></ruby>

反対 <ruby><rt>はんたい</rt></ruby>
表 相反、顛倒、另一邊、反對　⇦ 名、形動　　　● track 146

例句

✿ <ruby>左右<rt>さゆう</rt></ruby><ruby>反対<rt>はんたい</rt></ruby>に<ruby>置<rt>お</rt></ruby>く。

　左右對調放。

✿ <ruby>反対<rt>はんたい</rt></ruby>の<ruby>手<rt>て</rt></ruby>を<ruby>出<rt>だ</rt></ruby>す。

　伸出另一隻手。

✿ <ruby>法案<rt>ほうあん</rt></ruby>に<ruby>反対<rt>はんたい</rt></ruby>する。

　反對法案。

一方 <ruby><rt>いっぽう</rt></ruby>
表 一面、一方、另一方面、卻、越來越…　⇦ 名、接尾、接續　　● track 147

例句

✿ <ruby>根気強<rt>こんきづよ</rt></ruby>い<ruby>一方<rt>いっぽう</rt></ruby>、<ruby>短気<rt>たんき</rt></ruby>なところもある。

　有具耐心的一面，但也有沒耐性的地方。

✿ <ruby>一方<rt>いっぽう</rt></ruby>の<ruby>意見<rt>いけん</rt></ruby>だけでは<ruby>決<rt>き</rt></ruby>められない。

　不能單憑一方的意見決定。

❀太る一方。

越來越胖。

❀褒める一方悪口を言う。

一面稱贊，一面卻說壞話。

❀人の波が一方に流れる。

人潮向同一方向流去。

❀人口は増える一方だ。

人口不斷增加。

❀多くの国々はすでに経済発展を遂げた。一方、貧困
のままに置かれた国々もある。

多數的國家的經濟已經很發達。但另一方面，有國家處於
貧困的局面。

同音單字篇

じき

じき
時期
●track 148

義 時期、時候、期間　⇐名

例 句

❀苦難の時期を乗り越える。

渡過充滿苦難的時期。

❀今はまだその時期ではない。

現在還不到時候。

じき
磁器
●track 148

義 瓷器　⇐名

例 句

❀磁器を焼く。

燒瓷器。

❀磁器のお皿。

瓷盤。

じどう

児童 <small>じどう</small>
> 兒童 ⇦ 名

● track 149

例 句

❀これは児童向けの絵本です。

適合兒童的繪本。

❀児童福祉法では18歳未満のものは児童です。

兒童福利法中規定未滿18歲者為兒童。

自動 <small>じどう</small>
> 自動 ⇦ 名

● track 149

例 句

❀幼児が自動改札を通る。

幼兒經過自動驗票口。

❀インターネット時刻サーバーを使用して、1週間に1度時刻の調整を自動的に行うことができます。

利用網路上的時間服務網站，每星期會自動調整時間一次。

じゅうたい

じゅうたい
渋滞
表 堵塞、不順暢　⇦ 名　　　　　　　　　●track 149

例 句

❀渋滞に巻き込まれる。

　陷入塞車的車陣中。

❀渋滞のない経路を選択する。

　選擇不塞車的路。

じゅうたい
重体
表 重傷　⇦ 名　　　　　　　　　　　　●track 149

例 句

❀事故で重体に陥る。

　因為事故而受重傷。

❀負傷して重体である。

　受了重傷。

しょうにん

しょうにん
承認
track 150

義 承認、同意、批准　⇦名

例 句

❀法律に基づいて承認を受ける。

　　基於法律批准。

❀正式に承認する。

　　正式同意。

しょうにん
証人
track 150

義 證人　⇦名

例 句

❀証人になった。

　　成為證人。

❀証人として出廷する。

　　以證人身份出庭。

こうはい

● track 150

こうはい
後輩
_表晚輩、學弟妹　⇦名

例句

❀自分よりも有能な後輩に追い抜かされそうで毎日怯
えています。

毎天都很害怕被比自己有能力的晚輩超越。

❀後輩を叱る。

責罵晚輩。

● track 150

こうはい
荒廃
_表荒廢　⇦名

例句

❀戦争で国土が荒廃する。

因為戰爭導致國土荒廢。

❀人心の荒廃した社会。

人心荒廢的社會。

ふさい

ふさい
負債
● **負債** ⇦ 名 ● track 151

例句

❀ 負債（ふさい）がある。
　有債務。

❀ 多額（たがく）の負債（ふさい）を抱（かか）えている。
　有高額負債。

ふさい
夫妻
● **夫妻** ⇦ 名 ● track 151

例句

❀ 山田（やまだ）夫妻（ふさい）も来（く）るそうだ。
　聽說山田夫婦也會來。

❀ お隣（となり）のご夫妻（ふさい）は仲良（なかよ）しです。
　隔壁的夫妻感情很好。

かてい

かてい
仮定
義 假設 ⇐ 名 ●track 151

例 句

❀ 仮定の上に立って物を言う。

在假設上表示看法。

❀ 仮定の話。

假設的說法。

かてい
過程
義 過程 ⇐ 名 ●track 151

例 句

❀ 進化の過程。

進化過程。

❀「結果」よりも「過程」で魅せる。

過程比結果更吸引人。

でんせん

でんせん
伝染 ● track 152
^表傳染 ⇐ 名

例 句

❀ あくびが伝染する。

打呵欠會傳染。

❀ 伝染を予防する。

防止傳染。

でんせん
電線 ● track 152
^表電線、電纜 ⇐ 名

例 句

❀ 電線を架する。

架電纜。

❀ 高圧電線が爆発する。

高壓電纜爆炸。

かいせい

快晴 かいせい

義 晴朗的天氣　⇐名　● track 152

例 句

❀ 快晴に恵まれた山。

　　在晴朗天氣下的山脈。

❀ 快晴の二日間。

　　晴朗的兩天。

改正 かいせい

義 修改、修正　⇐名　● track 152

例 句

❀ 校則を改正する。

　　修改校規。

❀ 最近改正した条例。

　　最近修改過的條例。

たいそう

大層（たいそう）
⊗ 非常、誇張　⇐ 副、形動　　　　　　　　● track 153

例句

❀ 大層（たいそう）な暑（あつ）さ。
　非常熱。

❀ つまらないことを大層（たいそう）に言（い）う。
　把無聊的事說得很誇大。

体操（たいそう）
⊗ 體操　⇐ 名　　　　　　　　　　　　● track 153

例句

❀ ラジオ体操（たいそう）。
　國民健康操。

❀ 新体操（しんたいそう）を習（なら）う。
　學習韻律體操。

かんじょう

義感情　⇦名

例句

❀感情を抱く。

　懷有感情。

❀感情を抑える。

　壓抑感情。

義算、算帳、帳款　⇦名

例句

❀勘定を済まして店を出る。

　結完帳走出店面。

❀数字を勘定する。

　計算數字。

きしょう

気象 ●track 154
きしょう
表 氣象 ⇦名

例 句

❀ 気象予報士になりたい。

想成為氣象預報員。

❀ 世界に目をやると、各地を異常気象が襲っている。

放眼世界，各地都正遭遇異常的天氣。

希少 ●track 154
きしょう
表 稀少 ⇦形動

例 句

❀ 今時希少な存在。

在現今是稀少的存在。

❀ 希少な野生生物。

稀少的野生動物。

きょうぎ

協議
きょうぎ
表 協議、商議　⇦ 名　　　　　　　　●track 154

例 句

❀ 首相公邸で対応を約２時間協議した。

在首相官邸花了２個小時協商對策。

❀ 対策を協議する。

協商對策。

競技
きょうぎ
表 比賽、體育比賽　⇦ 名　　　　　　　　●track 154

例 句

❀ 陸上競技を題材とした作品。

以田徑運動為主題的作品。

❀ 新しい競技に挑戦する。

挑戰新的比賽項目。

こうかい

こうかい
公開
⦿公開 ⇐名

●track 155

例句

❀公開の席で明言する。

　在公開的場合明說。

❀当社に秘密はない。何でも公開する。

　本公司沒有祕密，什麼都可以公開。

こうかい
後悔
⦿後悔 ⇐名

●track 155

例句

❀今さら後悔しても始まらない。

　現在後悔也來不及了。

❀人生は短いんだから後悔したくない。

　人生苦短，所以不想後悔。

はんらん

はんらん 氾濫	●track 155

表 泛濫、過多 ⇦名

例 句

❀ 豪雨で河川が氾濫する。

因豪雨而河川泛濫。

❀ 情報が氾濫する。

資訊泛濫。

はんらん 叛乱	●track 155

表 叛亂 ⇦名

例 句

❀ 叛乱を鎮める。

鎮壓叛亂。

❀ 戦闘状況での抗命や叛乱は最高で死刑です。

在戰爭時抗命或是叛亂最高可處死刑。

さいしゅう

●track 156

最終
さいしゅう
意 最後、最末尾　⇦名、副

例句

❀いよいよ最終の局面を迎える。

終於要迎接最後的情況了。

❀最終に間に合う。

趕上最後（一班車）。

●track 156

採集
さいしゅう
ふ
意 採集、收集　⇦名

例句

❀カブトムシを採集する場所。

採集獨角仙的地方。

❀植物を採集する機会はいろいろである。

有很多採集植物的機會。

へいき

●track 156

へ い き
平気
表 冷靜、不介意　⇦ 名、形動

例 句

❀ 何が起きても平気だ。

　不管發生什麼事都很冷靜(沒關係)。

❀ 平気でうそをつく。

　很冷靜的說謊。

●track 156

へ い き
兵器
表 武器　⇦ 名

例 句

❀ 対空兵器は航空機などを撃墜するための兵器である。

　對空武器是將飛機等擊落的武器。

❀ 兵器を開発する

　開發武器。

しきゅう

至急
しきゅう

義 火速、急　⇦ 名、副　　　　●track 157

例 句

❀ 至急お帰りください。
　　請火速回來。

❀ 至急連絡してほしい。
　　希望你盡快聯絡。

支給
しきゅう

義 支付　⇦ 名　　　　　　　●track 157

例 句

❀ 手当を支給する。
　　付津貼。

❀ この冬、ボーナスが支給されなかった。
　　這個冬天，沒有拿到獎金。

いこう

いこう
以降
義 之後　⇦ 名

例 句

❀ 11月以降の予定。

11月以後的預定事項。

❀ 来年の1月以降に3ヶ月語学留学しようと考えています。

考慮明年1月以後要去遊學3個月。

いこう
意向
義 意圖、意向　⇦ 名

例 句

❀ 相手の意向を伺う。

尋問對方的意向。

❀ 意向にそうよう努力する。

遵照意向努力。

たいしょう

義 對象　⇦名

例句

❀幼児を対象とする絵本。

以幼兒為目標的繪本。

❀調査の対象は、関東、関西在住の携帯電話利用者です。

調查對象是住在關東、關西的手機使用者。

たいしょう
対照
●track 158

義 對照、對比　⇦名

例句

❀訳文を原文と対照する。

把譯文和原文對照。

❀好対照をなす。

好的對比。

そうさ

操作
そうさ
表 操作、運作 ⇦名

● track 158

例 句

✽株価を操作する。
かぶか　そうさ

　炒作股價。

✽Excel を操作する。
そうさ

　使用Excel。

捜査
そうさ
表 捜査、査訪 ⇦名

● track 158

例 句

✽殺人事件を捜査する。
さつじんじけん　そうさ

　調査殺人事件。

✽徹底的に捜査する。
てっていてき　そうさ

　徹底捜査。

ちゅうしゃ

注射 (ちゅうしゃ)	● track 159

表 注射、打針　⇦名

例句

✿ 薬 (くすり) を注射 (ちゅうしゃ) する。

　　打針。/注射藥品。

✿ 予防注射 (よぼうちゅうしゃ) を受 (う) けた。

　　打預防針。

駐車 (ちゅうしゃ)	● track 159

表 停車　⇦名

例句

✿ 路上 (ろじょう) に駐車 (ちゅうしゃ) する。

　　在路邊停車。

✿ 駐車禁止 (ちゅうしゃきんし) の看板 (かんばん)。

　　禁止停車的看板。

かいだん

階段
義 樓梯 ⇦ 名

● track 159

例 句

❀ 階段を上がる。

上樓梯。

❀ 階段から落ちた。

摔下樓梯。

会談
義 面談、談判 ⇦ 名

● track 159

例 句

❀ 訪英したオバマ大統領は、元首相と会談することとなった。

訪問英國的歐巴馬總統，和前首相面談。

❀ 駐日アメリカ大使と会談する。

和美國駐日大使會談。

かいほう

かいほう
介抱
義 照顧 ⇐名

●track 160

例 句

❀道に倒れていた女性を介抱する。

照顧倒在路邊的女性。

❀酔っ払いを介抱する。

照顧喝醉酒的人。

かいほう
解放
義 解放、解脱、解除 ⇐名

●track 160

例 句

❀貧困から解放される

從貧困生活中得到解脱。

❀家事労働から解放される。

從家事勞動中得到解脱。

きかく

きかく
企画 ● track 160
表 規畫、計畫 ⇦ 名

例 句

✾ 来年の公演を企画する。

計畫明年的公演。

✾ 新企画が進行中だ。

現在正在進行新計畫。

きかく
規格 ● track 160
表 規格、標準 ⇦ 名

例 句

✾ 規格をはみ出した人物。

超出規範的人物。

✾ 現在国内で利用されているこちらの商品は、
3つの規格があります。

現在國內使用的這項商品，有3種規格。

きゅうそく

きゅうそく
急速
表 迅速、快速 ⇦ 名、形動

●track 161

例 句

❀ 企業を取り巻く環境は、常に急速な変化が伴います。

在企業所處環境中，常伴隨著急遽的變化。

❀ 急速に成長する。

急速成長。

きゅうそく
休息
表 休息 ⇦ 名

●track 161

例 句

❀ しばし休息する。

稍作休息。

❀ 目一杯働き、目一杯休息する人。

拼命工作，拼命休息的人。

けっこう

<ruby>決行<rt>けっこう</rt></ruby>
●track 161

義 堅決進行　⇐ 名

例 句

❀ <ruby>悪天<rt>あくてん</rt></ruby>をついて<ruby>登頂<rt>とうちょう</rt></ruby>を<ruby>決行<rt>けっこう</rt></ruby>する。

　冒著壞天氣堅決要登上山頂。

❀ <ruby>予選<rt>よせん</rt></ruby>は<ruby>雨天<rt>うてん</rt></ruby><ruby>決行<rt>けっこう</rt></ruby>です。

　預賽就算雨天也要進行。

<ruby>欠航<rt>けっこう</rt></ruby>
●track 161

義 停駛、停飛　⇐ 名

例 句

❀ <ruby>荒天<rt>こうてん</rt></ruby>のため<ruby>欠航<rt>けっこう</rt></ruby>する。

　因為天候不佳而停駛。

❀ <ruby>台風<rt>たいふう</rt></ruby>で<ruby>海<rt>うみ</rt></ruby>、<ruby>空<rt>そら</rt></ruby>の<ruby>便<rt>びん</rt></ruby>、<ruby>欠航<rt>けっこう</rt></ruby><ruby>相次<rt>あいつ</rt></ruby>ぐ。

　因為颱風的關係，海空交通相繼停駛。

しんこく

深刻 しんこく

⚫ track 162

義 嚴肅、嚴重 ⇦ 名、形動

例 句

❀ 就職難の問題が深刻になっている。

就業困難的問題越來越嚴重。

❀ 疲れたと深刻な表情で訴える。

嚴肅的表情表示其疲累。

申告 しんこく

⚫ track 162

義 申報、報告 ⇦ 名

例 句

❀ 選手の交替を申告する。

要求更換選手。

❀ 確定申告の期限は3月15日まで。

所得申報的期限是3月15日。

せんこう

せんこう
選考
● track 162
義 選拔、評審 ⇦名

例 句

❀ 受賞者を選考する。

選拔得獎者。

❀ 第1次選考を行ったが、書類選考で「該当者なし」と判断した。

雖然進行了第1次評審，但在書面選評中，判斷無人獲選。

せんこう
専攻
● track 162
義 主修、專門研究 ⇦名

例 句

❀ 大学で法律を専攻している。

在大學主修法律。

❀ 大学卒の資格があれば、どのような分野の専攻であれ、受験は可能です。

如果有大學畢業的學歷，不管那個領域的專門研究，都可以報考。

ようご

用語（ようご）

⬤track 163

表 措詞、用語 ⇦名

例句

❀ 哲学（てつがく）の 専門用語（せんもんようご）。

哲學專門用語。

❀ テレビ業界（ぎょうかい）には 独特（どくとく）の 専門用語（せんもんようご）があります。

電視圈有獨特的專業用語。

養護（ようご）

⬤track 163

表 養護、保健 ⇦名

例句

❀ 当園（とうえん）は 児童福祉法（じどうふくしほう）に 基（もと）づく 児童養護施設（じどうようごしせつ）です。

本院是依循兒童福利法而設立的育幼院。

❀ 特別養護老人（とくべつようごろうじん）ホーム。

老人中心。

いぜん

以前 _{いぜん}　　　　　　　　　　●track 163
義 之前、過去　⇦ 副、名

例 句

❀ 2時以前に到着する。

在兩點之前到達。

❀ 以前会ったことがある。

以前曾見過面。

依然 _{いぜん}　　　　　　　　　　●track 163
義 依然、仍然　⇦ 形動、副

例 句

❀ 台風は依然南方洋上にいすわっている。

颱風依然在南方海面上滯留。

❀ 平成21年の国際テロ情勢は、依然として厳しい状況で推移しました。

平成21年的國際恐怖攻擊情勢，依然日益嚴重。

日檢單字+文法一本搞定N1

雅致風靡　典藏文化

親愛的顧客您好，感謝您購買這本書。

為了提供您更好的服務品質，煩請填寫下列回函資料，您的支持
是我們最大的動力。

您可以選擇傳真、掃描或用本公司準備的免郵回函寄回，謝謝。

姓名：	性別：　□男　　□女
出生日期：　　年　　月　　日	電話：
學歷：	職業：　□男　　□女
E-mail：	
地址：□□□	
從何得知本書消息：□逛書店 □朋友推薦 □DM廣告 □網路雜誌	
購買本書動機：□封面 □書名 □排版 □內容 □價格便宜	
你對本書的意見： 內容：□滿意□尚可□待改進　　編輯：□滿意□尚可□待改進 封面：□滿意□尚可□待改進　　定價：□滿意□尚可□待改進	
其他建議：	

總經銷：永續圖書有限公司

永續圖書 線上購物網
www.foreverbooks.com.tw

您可以使用以下方式將回函寄回。

您的回覆，是我們進步的最大動力，謝謝。

① 使用本公司準備的免郵回函寄回。

② 傳真電話：（02）8647-3660

③ 掃描圖檔寄到電子信箱：

yungjiuh@ms45.hinet.net

- -
沿此線對折後寄回，謝謝。

| 廣 告 回 信 |
| 基隆郵局登記證 |
| 基隆廣字第056號 |

2 2 1 0 3

 雅典文化事業有限公司　收

新北市汐止區大同路三段194號9樓之1

雅致風靡　典藏文化